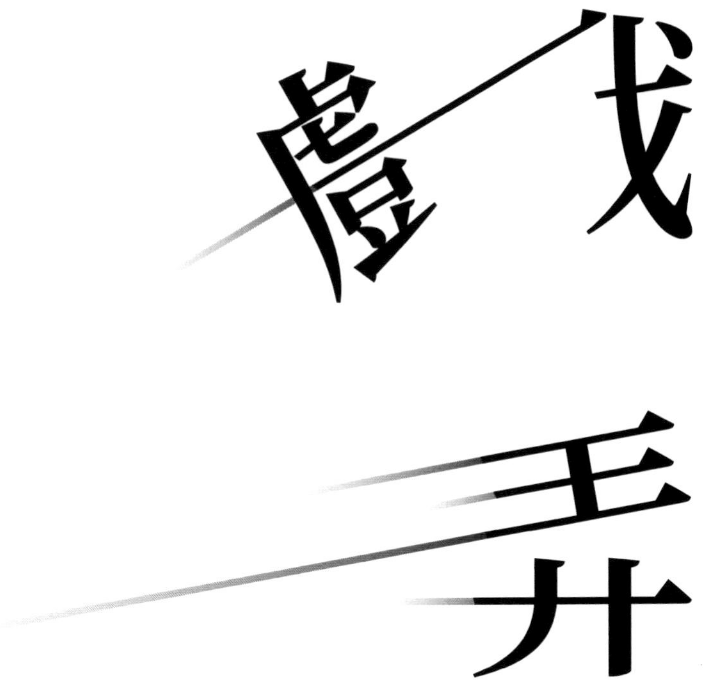

陳伯軒 著

逗

我好像都沒有好好體認逗號的魅力，它太普通，而且氾濫。

比較起來，我還是留心於句號。那小小的圈圈，有一種飽滿圓潤的力量，彷彿世界所有的話語至此都要完結，再下去，不過是另一個新的開始。小時候作文最常被老師糾正的，就是一篇文章只出現了四次句號，分別就打在各段最末。我小腦袋瓜分不清楚句號的真正用途，在句號以外的世界，全部逗逗逗逗下去，小小蝌蚪佈滿了我的眼界，終究是太尋常了。

直到那一年，我陪著同學張家銘一起參加板橋高中的文學獎。就在他榮獲首獎的會審場外，聽著他亟於與詩人評審分享得獎的驚喜。我一旁靜靜回想眼前的詩人如何在方才的會議上與其他評審為了一首不起眼的佳作爭持。是循序漸進，還是要出其不意？似乎為了某一種更好的想望，他們可以獻身、可以戰鬥。這就是文學的世界嗎？台上的作家對於創作的談論，逗引著我對於遼闊的世界的想像。那些高遠的理想，似乎十分敻遠，又極為艱難。

寫作很難嗎？起初，我大約是這樣請教家銘的。他總是下課時間窩在角落挨著一本裁剪整齊的日曆紙兀自密密麻麻起來，埋首拱著肩胛，還總是一手護衛著情節，像隻鵪鶉抱窩就巢，格外逗趣。家銘很會寫，每次的作文都能夠成為範文，據說他還在報紙上匿名編織了許多的高潮迭起。「寫作不難啊，就寫寫自己的故事啊。」當他邀請我一起投稿時，我拿了自己的稿子〈瓶中海〉請他過目，他看了看，大約也說了一些想法，接著冷不防地提了一句：「逗號太多了。」我對這句話完全沒有任何的想法，逗號？我並沒特別注意逗號欸，只是端詳著列印出來的白紙黑字，像是面對一份神祕的契約，竟然興起一股隆重而得意的情懷——嗯，這是一篇散文，我寫了一篇散文。

這是我創作生涯的第一個段落，滿是霹靂啪啦的逗點。

到了臺北大學的第一年，我延續著日常的寫作習性，在文風不盛的校園中，參加了無人聞問的文藝獎。記得評審之一的須文蔚老師愛責之切，說了一句：「貴校的文學獎規模，還比不上板橋高中呢。」我差點沒跳起來振臂歡呼，卻又頓時陷入了為難與尷尬——該是為了過去的燦爛而榮耀，還是該為眼前的枯槁而惋惜？那篇〈青春・流星・海〉的散文儘管得到了首獎，卻覺得連喜悅都很荒蕪。有時就是這樣，使用了同樣的方式再次得到肯定的時候，會誤以為這就是唯一的方式。於是不自覺地再次地復刻、模擬，直到自己都覺得了無趣味。

「首先你必須得覺得寫作是件有趣的事情，你才會繼續寫下去。」

這是大為老師來到系上之後，啟蒙我寫作的第一個觀念，巧的是他就是當年在板青文學獎上與人機鋒爭持的那位詩人。文字是有魔力的，在不同的排列次序之下，它可以產生姿態各異、意義無限交織的許多變化。「要勇於嘗試，不要四平八穩。」於是我開始往不同的報刊投稿，似乎也更鍾情於散文，揣摩與逗弄著不同的情感與形式。那短短兩三年，是我最專注於寫作，也最引我曲行流連的一段日子。記得在《幼獅文藝》發表了〈櫻月〉，應邀寫了一小段創作感想——有時候，寫作就是這樣自然而然發生了，或許過程中不免斟酌，而當中的樂趣卻是發自內心的驚奇：「哇，原來可以這樣寫。」這種感覺，讓寫作存有一種簡單的趣味，也讓寫作的人有著比較清楚明朗的態度，專注在一篇作品的完成。——如今再讀，猶能感受到那種耽翫而獲致的審美享受。

逗留終究不是停留，逗點也不能是句點。我不知道句號後面有沒有故事，但是逗號的魅力便是在於在行止之間，有了瞬間啟動、隨時離開的節奏。那是最低最低的反彈，也是最高最高的下墜。再是誘人逗留的文學風景，終須一別。最美的恰恰不在於或走或留的去取，而是明白了——行，是為了止。

所以有了《彳亍》，我的第一本散文集。幾年過去，再回頭去看這本少作，再不滿意也覺得慶幸。在此書計畫出版以前，我遠離了散文創作好長一段時間，學術研究的規範與剖析，讓我很難靜心閱讀。直到入伍、退伍，各種人事的磨難與歷練交騰反覆而後又塵埃落定，整個人被狠狠刷洗了一番，只剩一片空白。在這最鬆緩的生命狀態下，被壓制的創作欲望漸漸地甦活。我想寫，但我彷彿陷入了格式塔心理學的完形陷阱，過去作品呼喚著我去填補意義。我想要寫的也許不是《彳亍》，但如果沒有先打下這個句逗，橫隔於漫漶無章的日子裡，沒有了暫時停止就不會有能隨時繼續的下一個開始。

其實，還有人在讀散文嗎？不免有時也會逼問自己一些比較根本性的問題，譬如意義與價值、譬如理想與動機。如今散文的創作，甚至可以鬥得妙趣橫溢且虛實恢譎。當然有時候我也會感到迷惘或疑惑，在那些光影交錯掩映的縫隙中，我們如何擺姿弄態，追求的又是什麼？這樣的問題或許不會有唯一的答案，而且可料想到的，還會引起不小的爭論。爭論並不可怕，文學上的爭論往往好過於一帆風順。就像當年板青文學獎上看到的波濤與浪潮，驚怖卻生猛。

彳亍而行的日子已然過去。散文作為一種文類體式，比起其他文類而言更加通透顯白。或許作者與讀者之間的際會，與其說是來自於技藝的展演，毋寧說是依賴於主體的現身。創作者若能夠隨應不同的機緣而嘗試去誘逗會引閱讀的人，使他們對自身的生活情懷或價值理趣產生某種共鳴或好奇，那也算是一種因緣，也算是一場默契。

寫作有趣得像是一場遊戲。當年老師為了避免我在青澀的年華叩問太過深沉的問題，是這樣鼓勵我的。趣者，趨也。我也才終於有了更深一層的體會，趣味的意涵不僅止於表現出輕巧的機鋒或形式上的耽美。那是一個能夠使人養精蓄銳後，不由自主想靠近的善誘。我們總不斷地想要靠近一個更美好的結果，但就像所有的故事在結束以前，必須先仰賴於逗號的魅惑，依違於生息與止息之間，有了許多詹至徂逝的節奏。

廿年就這樣過去了。

我的逗號還是太多了嗎？

來日完成那以逗弄為題的新作，便能更篤定地告訴自己，也告訴那些曾經埋頭寫作的朋友，在創作上曾有過的曲行徬徨、迴返停留，或是面對讀者時而有的讚譽、詆毀、漠視、共鳴，每一次的戲與弄，都是一種觀機逗教，都能聽到貯備已久的抑揚頓挫。

——發表於《印刻文學生活誌》194期，二〇一九年十月。

目次

輯二　戲

輯三　逗

輯四　弄

別調

——大拇指與四指圈成一個虛空的拳，然後朝著對方猛然地爆破開來。注意！手勢一定要猛爆性的，過於柔和緩慢，會像是一朵逐漸盛開的花，失了那股輕蔑的勢——

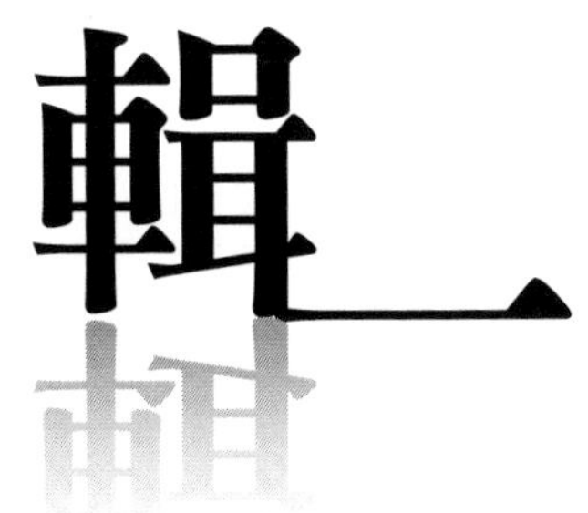

幾何

上課了，講義拿出來。

啊？

老師就這樣走了進來：「拿出數學講義。」

什麼數學講義？我沒有數學講義啊……，我膽怯囁嚅，坐在右邊的唐豪局一貫粗嗓粗口地說：「麥擱假啊，一定是沒寫吧」，一手伸進我掛在桌邊的書包，立刻抽出那本厚重的《教學式數學》，我大為震驚，眼前一片空白。立刻感受到數學老師冷峻的眼神射向了我——「你，上來，解這一題。」我慌張地上了台，看著黑板上的幾何圖形：公式？定理？我怎麼什麼也想不起來。我的心跳得好快好快，好急好急，忽然聽到老師冷笑了一聲，對著全班同學說：「真是個天才啊，讀到博士又怎麼樣，連國中數學也不會。」

是啊，我真是天才。

在一次又一次可怕的夢境中。

曾幾何時，數學不再是我的強項？依稀記得小時候爸爸總愛考我算術，考得不夠，就拿我去跟親戚鄰居的小孩比。無論如何，我總是獲勝的那一方。後來媽媽送我進一家安親班，也讀了兩三年的時間，數學也總是讓我名列前茅，每個學期有領不完的點數獎卡以及學費折價券。當時，每新教一個單元，我便能夠很快地掌握重點與觀念，課堂上老師出的隨堂測驗，總是在同學還沒讀懂題目的時候，我就已經知道答案。當時安親班座位是按照名次排列，而我仗著數學遠遠勝過其他同學，便總是坐在首席，享盡老師的寵愛與同學的欽佩。就連回到學校，同學如果有數學不懂的地方，老師便會請我教導，一時之間還頗讓人驕傲臭屁的。

當然出糗還是有的。某次學校來了實習老師進行教學觀摩（當時雖然年紀小，我們卻已經可以感受到教學觀摩假假的，因為老師平常都不是這樣教），老師在台上講解一題非常簡單的四則運算後，就點了我上台解題，老師大概認為這是萬無一失的做法。偏偏我一直有個「隱疾」，就是心算並不流暢，遇到了加法減法，總是不免像是個算命仙掐掐手指，才能知道答案。平時根本沒人注意，現在卻是全班同學之外，一干陌生的實習老師、教學組長、教務主任都坐在後面看著我，我一緊張愈發不知道要怎麼心算，又覺得掐手指計算非常丟臉，直直愣了好一陣子，老師才請我下台且訥訥地解釋：太緊張了，他一定是太緊張了。

更早之前，在我第一次進安親班時，老師為了確認我的程度，教了容量單位。這麼簡單的題目自然難不倒我，但我卻在某一題上跟老師發生的爭執。那一題畫了12個代表1公合的小瓶子，答案卻要我填入：（　）公升（　）公合。我想當然地就填入了（0）公升（12）公合。無論老師怎麼跟我解釋，我都不能理解為什麼這個答案是不行的。老師強調再多次1公升等於10公合，我卻始終糾結在12公合並沒有錯啊？

現在回想起來，原來我對數學的認識是非常「視覺化」的。像是數線、座標、向量、幾何圖形，都非常吸引我的目光。在很多原理的理解上，我都是動用了視覺化的想像，例如多項式中的「移項」∵a+b=c+d，則 a=c+d-b。課本的解釋成 (a+b)–b=(c+d)-b，而在我看「=」是一座橋，任何數字過了橋之後，就要改變自己原來的符號，於是 + 變成 －，× 改成 ÷。以致於國中學到最大公因數與最小公倍數的符號：（　）與〔　〕，我總是搞混，因為總覺得〔　〕看起來比（　）來得「大」。

我好像沒有辦法真正進入數學的世界，反而想要讓它適應我天馬行空的直覺，直到我的數學已全面崩盤到無法補救的地步。至今我仍不確定數學是如何由我的強項一步一步消解崩潰，真實人生的行進，直到某個節點回過頭去，才發現一點都不像數線或座標一樣，如此清晰準確。每個學期都跟家裡要了大筆大筆的學費去補習，但寄回來的成績單卻總是0分，每當媽媽問起，我就諱莫如深地說：很難，那真的很難。爸媽總想著我小時候的輝煌，大約真的是國高中數學難很多吧。到距離聯考半年的時間，我幾乎已全盤放棄。此時，身邊的同學卻一個一個「頓悟」，在如此高壓的升學測驗中，興發出對數學前所未有的體認。班上的同學阿雄，有一天竟然心有所感地說：「我終於明白了，數學教的不過是反覆的邏輯辯證。」小叢也是突然抓著我興奮地說：「原來學拋物線、橢圓形的目的，終究還是為了函數啊，課本把函數給具象化了，真是用心良苦。」我不知道他們講的對不對，但能夠忽然有某些領悟，想必是沉浸其中，能夠入乎其內才能出乎其外吧？

我是沒看到數學課本的用心良苦，但我的心真的很苦。

當我發現自己對數學已是心餘力絀，是在數學講義上面一片紅字的時候。但凡老師規定的作業，我一定會盡可能完成，但即使如此，每當老師在台上對答案的時候，我幾乎是接二連三地答錯，改到後來，一口氣鬱積胸膛、煩躁不已，我這麼認真地練習演算，卻落得錯錯錯錯，一點成就感也沒有，真想闔上講義衝出教室。但我不敢，別說衝出教室了，我連舉手提問的勇氣都沒有，只能每天放學回家後，偷偷打電話給某位數學好的同學，請他耐著性子一題一題教我。

數學之磨人，直到我身為人師，所見更多。在補習班工作時，深刻覺得國小安親班是個慘無人道的修羅場，總是哀鴻遍野。就連原本與數學無涉的國語文，為了招攬學生，紛紛聲稱數學不好的根源在於國文太差所以讀不懂題目。一時之間，水漲船高，國語文也熱鬧了不少。但依我看，這總數招生的噱頭，那些國文很好的人，數學差的比例也未免太多了。讀得懂題目又怎樣呢？我就曾在報上讀到一位中文系教授投書，細說數學給她的折磨，影響她的升學。結論是，終究放棄了數學如她，還不是拿到了博士學位，成為了大學教授。

（「讀博士又怎麼樣，連國中數學也不會。」）

為了追索出我對數學的恐懼，我也開始嘗試閱讀相關的書籍。誤把《博士熱愛的算式》當成數學版的《蘇菲的世界》，結果呢，故事倒是好看，對數學卻沒什麼幫助。就在偶然間讀到《一個數學家的嘆息》說，當前的數學教育為了追求快速有效的解題，大大扼殺了學生的好奇心及創意，反而成了繁瑣的邏輯推演（這麼說，我高中同學對於數學的體悟反倒被體制馴化太深？）

保羅・拉克哈特說：「我們已經失去了許多有潛能的天才」。

如同啟靈的咒語，這話召喚出我曾有過的一次神祕經驗。

那是一次不起眼的平時考，考題中有一題三角形幾何問題，大概就是要求某一邊的長度。我只記得，依照課本「正規」的解法，最後會遇到帶小數的開根號，那時我們只會求自然數的平方根，因此此法完全行不通。就在此時，我靈機一動，畫了幾條輔助線，然後用了一個「完全不相關」的公式，便是那個大家耳熟能詳的 $(a+b)^2=a^2+2ab+b^2$，設法硬是套用進去，竟然漂亮地解出答案。結果那次的數學我仍然考得很差，但是這一題，唯獨這一題，全班只有我一個人答對。就連老師在示範解題時，都只是按照詳解上的方式求解，臨時教會我們帶小數點的平方根求法。

下課時，幾位對數學向來十分熱衷的同學圍過來，紛紛詢問我如何想到這個連老師都想不到的解法。「我怎麼想到的？這是上次的進度，是你教我的啊！」

我指著那位每天晚上在電話中指導我數學的同學。他慌忙地否認，因為他自己也不會，又怎麼可能教我呢？我一邊解釋一邊翻著那本血漬斑斑的數學講義，明明就是你教會我的，只是講義上的那題是平行四邊形，跟考卷的三角形不同……。

一片空白。

上次的進度我根本沒寫，也根本沒有什麼平行四邊形。

這怎麼可能？

明明他那天才教了我一題，在電話這頭，我聽他解題時發現他用了一個「完全不相關」的公式，心裡還一陣驚嘆：「數學真是好奧妙啊，這麼靈活！」也是如此，我才在考試時能夠逼自己依樣畫葫蘆，用了多項式相乘公式，為了使這公式有效，我又逼自己想出本來不存在的輔助線……。

「這怎麼可能呢？」同學打斷了我的解釋，「你設想的每一個步驟都不是我能夠想到的，而且你說毫無相關的公式，不過是我們看不出來它的關係，但是你看出來了。」另一位同學接著說：「是啊，你用了非常簡單的方法解決了複雜的問題，你，真的是天才。」

我是天才嗎？原來我竟然是天才嗎？鐘聲響起，眾人的起鬨跟著風流雲散，我呆呆望著數學講義，那裡沒有算式、沒有解答、沒有座標、也沒有任何的邏輯辯證，只有我早慧的疑惑：數學真是奧妙，到底有沒有所謂「完全不相關」的公式啊？

上課了，講義拿出來。

完了，眼前一片空白。

數學老師看了我一眼，從那厚重的鏡片背後，我彷彿聽見他意味深長地說：

「真是個天才。」

——發表於《幼獅文藝》785期，二〇一九年五月。

春天下面那隻豬

我對「豕」有特殊的情結。

高中地理談到朝鮮半島的地形走勢時，總說像是國字的「豸」，但有好長一段時間我卻誤讀為「豕」。直到被糾正後才驚覺，為何每次看到豕字都有一股說不出來的氛圍漫漶於眼底，如同久未翻閱的字典，頁面上逐漸生成大小不一的不規則霉斑。

國小四年級時，我被派選參加中年級組查字典比賽。每班要派選兩人參加，當時的導師求好心切，先在班上舉辦了一次預賽。本來我就不是顯眼的學生，成績普通，人也笨笨呆呆不靈巧。偏偏預賽結果，原本成績突出的幾位同學都敗下陣來，反而是我和陳怡君得到了機會。當老師宣布由我們代表班上出賽時，還不禁大為驚恐，言下之意，我不但得到了全班第一，成績還遠遠超過了第二名。

四年級的導師陳素珍，帶班特別嚴格，那是一九九三年的台北，儘管早已不是戒嚴時期，但學校老師仍然具有相當的權威。我們愛老師也怕老師，她常開玩笑說我們一群豬，偏偏又說豬不是罵人的話，因為我們這一屆大都屬豬，而且豬又乾淨又聰明，只有在說小笨豬、小懶豬，才算是罵人。別人是春天下面兩條蟲，她常常這樣說，你們呢是春天下面兩隻豬。

就這樣，兩隻笨笨的小豬，我和陳怡君，代表班上出賽。如果扣掉小學二年級媽媽替我完成的手工娃娃作業不算，這次的查字典比賽，是我第一次靠著自己的實力獲得參賽資格的挑戰。

即使是在卅年前還沒有少子化的問題時，興德國小仍舊是一間迷你小學，中年級才六個班，共十二人比賽。查字典比賽就是根據一張考卷，要查找出生難字詞的部首、筆畫、讀音、釋義與造詞，學校提供的字典，特別是筆畫檢索與注音檢索部分通通釘了起來。換言之，我們只能夠用部首來查找。隨著時間過去，陸續有人交卷了，在圖書室門口的老師，會現場批閱考卷，立刻就能夠得知成績。我卻遲遲沒有完成，因為有三題實在找不到，尤其是怎麼也找不到一個長的很怪的字：「豖」。我還記得，國語課老師講了一個口訣，遇到不會讀的字：「有邊讀邊，沒邊讀中間，沒中間自己編。」我愣愣地看著豖，它沒有邊也沒有中間，只見筆畫撇來撇去，像是一團炸開的毛，難道是毛部嗎？

時間在燒灼的腦袋瓜裡沸騰，放眼望去考場只賸下我和陳怡君，交卷前互看了一眼，竟然有著一模一樣的三題不會寫。到了門口交卷，想著要現場看到成績，不免緊張，兩人互相退讓，你先啦，妳先交啦，改考卷的老師不動聲色地看著我們，一點表情也沒有。當時的我，不但性格彆扭，也真是一點自信也沒有。考卷要立刻繳交並且批改，彷彿在別人面前赤身裸體那樣的驚嚇。最後不能再拖下去了，只見陳怡君深深吸了一口氣，繳卷了，除了空白的三題其餘全對，得八十五分；換我虛軟無力地擲下了考卷，慌張地像迷途的野豬要衝撞出會場時，被老師叫住了，我同樣八十五分。吼，好險好險，至少我們誰也不贏誰，平手！

不多久的日子，就到了朝會的頒獎典禮了。興德國小的頒獎跟我往後就讀的學校都不太一樣。我的國高中但凡要頒獎，一定會事先通知得獎同學先行整隊預備。但是當年興德國小在頒獎時，都是由司令台上的司儀宣讀後，聽到自己得獎的名字再快步奔跑至台上受獎。當時，一聽要頒發查字典比賽得獎的名單我就十分緊張，尤其聽到「中年級組第三名，四年三班陳怡君」時，班上同學群起歡呼，我也跟著激動了起來。她第三名，不也就是我第三名嗎？那一瞬間我緊張得聽見自己的心跳持續撞擊軀幹的聲音，緊張的整個靈魂都在攪動，我可是從來沒有上台領獎過的耶！於是就在司儀宣讀完陳怡君得獎之後，幾乎一瞬間我就要奮不顧身衝出隊伍如同當時交卷之後衝出考場一樣——

中年級組第二名、中年級組第一名、高年級組第三名……。

激越的腳步被強制踩了煞車，司儀竟然漏掉了我的名字嗎？

我一頭霧水還搞不清楚什麼狀況，班上同學來不及按捺下來的躁動紛紛推扯著我：「你不是說你也是八十五分嗎？」「為什麼沒有你呢？」我大汗直流也一頭霧水，無比尷尬地勉強擠了個笑容聳聳肩。看著司儀手上一疊的獎狀，一張一張唱名，一張一張減少，會不會司儀弄錯了順序，我的被放在最後一張了呢？我補綴著散失的劇情，像是殘影般疊加在真實的時空維度之內——很抱歉，這裡漏掉了一張，四年三班陳伯軒，中年級還有一位並列第三名——烈日的光暈爆破，豆大的汗水蹂躪我幻想的魅影，頒獎的音樂奏起，我默默地站在台下看著典禮的進行，我只能在台下蒼白無力地鼓掌，假裝自己並沒有很在意。只是從一開始的全身抽緊、期待、轉而震驚、疑惑而失落，這一連串的變化只在短短的幾秒之間，便抽去了我全身的氣息，患得患失的情緒差點讓我昏聵在操場上。

回到教室，大家圍繞著陳怡君，看著她得獎光榮的樣子心裡實在很羡慕。學校公告了各階層比賽的得獎作品，那幾天我怕被別人發現，常常偷偷過去布告欄那裡，笨拙的腦子一直都沒有發現玄機——中年級的冠亞軍都是滿分，第三名是八十五分。想著自己失落的獎狀，到底為什麼我就沒有得獎呢？

不知道是導師看出了我的失落，還是她本來就是個要強的性子，竟然跑去學校調出了考卷，最後給了我一個答案：字太醜。

你這隻小醜豬，字寫得這麼醜，當然落選了啊！

字醜啊？我聽到這個理由時，竟然不覺得有任何不平，反而得到了很大的安慰。彷彿我還是有程度、有實力的，只是字醜嘛。在這個釋懷當中，又多了一份懊悔，如果當時可以多查到一個字詞，就可以得獎了，尤其是那個豕字，明明就是二一四個部首之一，這隻長得一點都不像的小豬到底那個時候是跑去哪裡了呢？空下這個字真是無比的悔恨，也讓我往後的時光，獨獨對於這隻小豬有了一分特殊的回憶聯繫。長大之後學到的成語，三豕渡河、魚魯亥豕，都有文字訛誤或傳聞失實的意思。文字訛誤大概是因為我字醜吧，傳聞失實那便是我天真的以為我只是輸在字醜，卻完全沒有想過為何兩張滿分的考卷沒有並列第一呢？

你先啦，妳先交啦。好啦好啦，我果真是春天下面的那隻膽怯又憨慢的豬。

——完稿於二〇一八年春。

沙球

好陣子了，公園外圍起一道綠色的施工牆，也不知道究竟是什麼工程，需這樣費心把整座公園圈起來。結束了工程之後，公園確實大有改觀，不過首先使我注意到的，不是給小孩子玩的遊樂設施如何安置，我發現原本的沙地被掩蓋了，原本一大片的花草土沙，通通成為一塊塊生硬的布墊。看不見一點沙，便讓我更想念在沙地上的童年。

那個物質貧乏的童年，所有遊戲都是向大自然取材的，有一種獨門遊戲就叫做「沙球」。每個人從家裡提一袋水到公園，固定在一塊區域掘土，和水以後，便可以開始捏沙球了。捏沙球很講究的，不但要把土堆中的落葉、石子挑出，還得注意力道，並且務必將沙球捏實捏圓。待水分乾了，沙球大致成形，但還得不斷用白沙反覆「洗球」。其實所謂的白沙，只是泥土在陽光的曝曬之後，呈現乾燥的白色狀態；用白沙反覆灑在沙球上面，目的是讓白沙吸收剩餘的水分，並且藉由雙手不斷地摩擦和捏塑，使得沙球完全定型結實。一顆成功的沙球，黑黝黝的，在陽光下閃閃發光。沙球的玩法很簡單，二人各有自己的沙球，然後猜拳決定攻守，守方將沙球放在預先鋪疊好的小小土堆上，然後由攻者拿著自己的沙球在上，放手，任其掉落，兩個沙球迎面撞擊，勝負便可分曉。

沙球做得結實時，不但可以毫髮無傷擊潰對手，萬一不小心摔在地上，往往只會損失外面一層，因為在製作時層層擠壓，沙球自有其層理，不易一潰而散。有一次朋友和我炫耀他的沙球，一副愛現的嘴臉：「你知道什麼叫做厲害嗎？」說完就拿起手中的沙球往牆壁上用力砸過去，沙球當然崩解分裂，解是解了，竟有半顆沙球，不，或許那已經不能算是沙球了，竟有半塊泥沙黏在牆壁上，保持著半圓的形狀，動也不動。雖然看到朋友那種不可一世的表情，讓我很想把自己的沙球砸到他臉上，但是看到他的沙球竟然可以這麼頑固，一副死不瞑目的壯士姿態，我也不得不嘖嘖稱奇。

擁有一顆結實的沙球，對我而言是件幸福而重大的事情，那代表我可以贏得許多童稚的驚嘆號。為了得到這種崇高的自尊，從中派生出許許多多枝節的規則，而規則之外總也有許多作弊的情況產生。有時候我們會很奸詐地在製作沙球時，偷偷在對方濕軟的泥巴中塞入樹葉或小石子，如果對方一直到沙球完成都粗心沒有發現，那麼他只能夠接受失敗的命運了，根據經驗法則，那種沙球無論如何都是不穩固的。這麼粗心的人畢竟不多，但也沒關係，我們還可以在比賽時動手腳，當兩方要準備比賽的時候，先得決定攻守，守方把沙球放在先堆好的小土堆上，而進攻的一方通常會用手掌丈量高度，選擇最適合的高度把球放下，就在這個時候，可以偷偷地用指甲把對方的球刺一個小缺口，不需要太明顯，但是總是增加了勝利的機會。這樣的作弊大概是在大家的默契中自然而然產生的，所以每當要玩沙球的時候，每一個瞳仁都無止盡地放大，緊張的氣氛讓每一粒沙跟著躁動。

默契中的小奸小詐，是大家所能夠允許的，但確實也有在默契之外，讓大家共同憤怒排擠的狀況。曾經有一對兄弟，他們做的沙球無堅不摧，縱使其他人如何用心，也不可能勝過他們手中灰澄澄的祕密武器，那一陣子他們可真的是橫行霸道，八面威風；後來才發現，那根本就是水泥。他們能夠用水泥打破所有人的沙球，卻失去了遊戲爭鬥的緊張與刺激，過不了多久，就被排除在遊戲之外。其實，這也顯示在鄰里之間，用泥沙與水建構出的童年規則，多麼受到大家的重視。我甚至一度以為，沒有玩過沙球的人，真是可憐得失去了童年。

我始終相信沙球是非常珍貴難得的玩具，甚至可以當作禮物贈送交換，禮尚往來，沙多人不怪。那一次，我就像是用沙捏出的野小孩，髒兮兮的，手裡把玩著自己剛剛完成的沙球，以自得驕傲的神情犒賞自己。在回家的路上遇到同學和他媽媽，雙手捧著沙球，我又高興又大方地說：「送給你們。」那時我可是真心誠意感謝他們的招待，他們家不但有樂高積木，還有電腦可以玩。同學的媽媽笑著收下禮物，並且向我道謝。那時，才小二的我曾否因此有點羞澀呢？現在回想起來，不免笑自己的一廂情願，小同學收到我的禮物，會不會覺得很尷尬呢？當初他們接下了我的沙球，應該把手給弄髒了，他們回家之後，怎麼處理我送給他們的禮物呢？

印象最深刻的一次，是我獨自在公園做沙球，好不容易完成了個又大又圓的，滿心高興地準備回家，陰鬱的天空竟下起雨來了，因為媽媽不准我把「泥巴」帶回家，匆忙之間我將沙球藏在草叢間，趕快回家避雨。在家裡一直望著大雨，期望雨停之後就可以拿著沙球到處和別人比試了。終於天晴，我卻再也找不到沙球的蹤跡，剛開始還傻呼呼的不明就裡，以為沙球被偷走了。就在尋找的過程中，突然「領悟」，沙球是被雨水給融化了。至今我仍能深深回味那時的心情，那是第一次感受到失落，我以為在整個遊戲中，就是試著去尋找最結實最堅硬的沙球，總相信有個臨界點，在那點上，沙球不能不碎，卻要碎得頑固而矜持，身段要完美。那場雨之後，我只看見自己對一場遊戲的堅持，通通糊成一攤又一攤的爛泥。當然啦，那個時候還小，縱使再失落也不會有太深刻的體悟。反正沙球沒了，還可以再做的。

沙球沒了還可以再做，不過大概沒有人知道這種遊戲了。我無從考據是誰發明了這個遊戲，但這的確真實存在於我的生命中；而我也無緣得知這遊戲何時消失，沙球會從此消逝在這個宇宙嗎？我曾抱著熱烈的口氣四處打聽，卻從來未曾聽過誰的童年竟有類似的遊戲，久而久之，在遺憾的情緒之外，難免對著種遊戲有種孤獨的同情。

同情歸同情，我自己想再玩一次也是不可能的事了。那時候的玩伴久已失聯，也許哪天相逢，我大概會問問看：「你記得沙球嗎？」

——發表於《台灣日報．副刊》，二〇〇五年七月三十一日。

白山

某一次亂翻字典，翻到了一個非常新奇的詞「公園」，倒不是說這個詞多麼地驚豔，而是字典裡的釋義為「公共的園林」，似乎「公園」的意義上升了好幾個檔次。家居景美，我們家附近超多公園，每個公園各有各的特色，有的公園有池塘，有的公園有橋樑，有的有兩層樓高的溜滑梯……，在眾多公園之中，近在百步之內、開門見「山」的便是「白山公園」。

白山公園，真正的名字是「景豐公園」，之所以稱為白山，是因為公園的後方有一大片白色的化學廢料，傳說是曾經有工廠將這些廢料傾倒在公園後面，日積月累，竟堆起了高高低低的土丘，放眼望去，遠比公園大上數倍。記得小時候，學校老師耳提面命，警告我們不要去白山玩，那些化學廢料對身體皮膚都不好，然而，童稚的躁動好奇，是無法圈禁，我們仍然一次又一次地往白山上去，攀越無數個放肆的巔峰。

在白山裡，我們隨手就能夠撬起一塊白色的石頭，任意在地上畫記。有人說，這就是製作粉筆的原料。我們不明就裡，卻依舊在地上畫出一格又一格的跳房子，畫出一切遊戲需要的間隔，甚至兒時鄰居玩伴間的「江湖情仇」，也不時有人利用這些「粉筆」在「溜滑梯」或「蜘蛛網」、「毛毛蟲」等器材上，張牙舞爪地寫著：「○○○愛○○○」。

白山與景豐公園相連，原沒有任何的間隔——明顯的一條雪白的界線，一邊是花草扶疏、鳥囀蝶縈的花園；另一邊則是冰冷荒涼，沉寂無聲的曠野。想要攀上白山，會先經過一大片灰白的低地，低地沒有想像中的平，既是亂石壘壘，又佈滿了大小不一的凹陷。那些坑洞，小的不過是一個拳頭大，大抵是我們用棍棒硬石鑿出的痕跡，大的可就約莫一個池塘了。白山底下這一大片低地，像是特殊的異質空間，如同瞬間被冰霜急凍的莽原，散落著一叢又一叢的蘆葦或野草。我們有時一人折一枝在手，有時則什麼都不拿，在白山裡頭我們總是全然地隨興。

在白山下的這一片低地中，還有一間讓人又好奇又恐懼的破房子，靜僻地厝立一旁，我們都叫它「鬼屋」。在我們自造的神話傳說中，那是殭屍與鬼怪的住所，是生人勿近的禁地。鬼屋的由來比白山更神祕，通常要去白山玩的人都會匆忙掠過這間房子，但也有不怕死的孩子，懷著英雄犯難的豪氣勇闖。小時候我便跟著大夥哆嗦地進出張望，裡面倒是一無所有。只是恐懼作祟，總覺得裡頭黑暗的程度讓人完全想像不到外面是雪亮的白山，兩相對比，更顯得詭譎驚悚。

白山的本體——我是指真正的那一座「山」——大約有兩三層樓高，想要爬上白山，通常有三個方法：最簡單的就沿著右手邊的緩坡慢慢走上去，這是最普遍的方式，也是最安全的方式。最左邊的陡坡，則有階梯狀的凹洞，這是另一個上白山的方式，其實也不太費勁，只是要特別注意打滑，因為這些化學廢料十分鬆軟。最難的一種方式，也最危險的，就是直接從底部往上直接縱軸切入。直面的山壁，有許多不規則的坑洞，深淺大小不一，情況就類似攀岩一樣。記憶所及，膽小如我，是沒有試過這個方式上山的，只是亦步亦趨地跟著大夥走安全的路。倒是不知什麼緣故，某次隔壁的鄰居女孩小華，她穿著四輪式的溜冰鞋挑戰了最難的方式上白山，爬啊爬著，到了一半高的地方發現走不下去了，我們看熱鬧的在底下開始替她緊張，進退不得的她卡在山壁上又是發抖又是哭。我是不記得她如何下來的，只是當時緊張驚恐的心情卻記憶猶新。

登上白山之後，會發現高聳的的土丘一路綿延下去，簡直的是人間秘境。因為高，也可以看得稍微遠些。小時候很喜歡那種更上一層樓的視野，在白山上我們可以收覽整個景豐公園，可以遠眺自己的家。我們的小小江湖中，總會跟著幾個孩子王，帶著報紙、木柴、破布等材料，在僻靜無人的白山升火聊天。未來對我們來說還太遙遠，遙遠得總成為我們訴說不盡的話題。我想每個孩子多少都曾經對於火焰充滿了好奇，藉由各種方式，在小小的心中，燃燒那些不為大人所知的願望……。直到日暮昏黃中，伴隨著遠方來的一家又一家的吶喊，我們滅掉了火焰，在媽媽四處尋找的時候，帶著滿身滿臉的髒汙，帶著屁股上總是會有的一片片又白又黏的漬痕，以及各家媽媽不盡相同卻同樣不休的嘮叨，約定下次的造訪。

國中的時候，景豐公園進行了一次規模不小的整理，白山與景豐公園之間築起了一道圍牆，圍牆上方還有密密麻麻的鐵絲與碎玻璃。後來，白山又被攔腰截斷，開闢了一條新的馬路，被分裂出來的兩三個部分，同樣是圍牆高築。在景豐公園玩耍的小朋友，漸漸都不知道白山公園這個別稱了。

自從高中住宿後，就很少留在景美。這篇文章發表時，已是大學，當時客居三峽，縱然回家，也已經很少到景豐公園逛逛。文章發表後約五年，我正好在政大讀碩士班，也搬回景美老家。當時正處於密集撰述碩士論文的時候，某夜微雨，我信步閒晃，往舊時的白山之處走去，才發現白山的遺跡早已完全剷除，這裡多了許多新建的大樓，並且蓋設了更大更多人到訪的景美運動公園。

自從景美運動公園落成之後，成了附近居民運動的好去處。相形之下，景豐公園就難得見到人跡，只有偶然附近的居民來打羽球、老人在此下下棋而已。隨著附近都市更新，童年的玩伴四散失聯，只有白山，曾經佔據我兒時大部分玩樂的回憶，那一片純真時光的雪白，終於絕跡。

——發表於《幼獅文藝》594期，二〇〇三年六月。

——修訂於二〇二二年二月。

我聽你在喇叭

我沒有按過喇叭，我是說：在十八歲有機車之後的很長一段日子內。

十八歲的我，跟一般男生很不一樣。記得我大哥在快滿十八歲的時候，就自行作主牽了一台全新的摩托車回來，YAMAHA的Majesity系列車款，跟一般的機車相比，噸位大了不少，座椅向後囂張地昂起，全黑的造型不可一世。自行把車牽回來，沒有一句商量。為此我媽大發了一頓脾氣，氣得揚言要在我哥十八歲的生日那天，把他轟出家門——當時我心裡還滿心期待實踐這個承諾，結果倒是我自己先離家賃居——，我十八歲時，反而是家人催著我去考駕照、催著我去買機車，推三阻四未果，終究成了機車一族。

我機車上路，向來謹慎，一來技術不好，再則我不衝，反而有點畏縮。我曾維持了超過十年的時光沒有收過一張罰單（當然不無僥倖，而最後也還是破功了）。期間也曾有過一些輕微的事故，有我的錯失，更多的還是無端遭來橫禍，幸好都不是大事。獨獨，對於按喇叭這件事情，在那幾年中一直困擾著我。

本來我騎車也慢，往往也跟別人保持距離，就算前面的車行緩慢，我也耐性等候，不知道為什麼我的機車買來之後我就沒有習慣按過喇叭。就在某次的返回租屋處的小巷弄，剛好有一群小朋友在追逐嬉鬧，車行當然已經減緩下來，我想著要按喇叭警示學童，不料左手拇指一個按下去——夏蟲也為我沉默，沉默讓我嚇了一跳，按了又按，紅色按鈕任憑它如如不動，我還未來得及反應車子又滑行了一段路，還來不及煞車，先一面喊著：借過！借過！

那是我第一次按喇叭，卻按出了借過借過。

機車故障彷彿是一種身體機制失能般，比起慌張，我更覺得荒謬。

但是如果機車跟身體可以是一種共感的聯喻，那我每次保養機車時卻遲遲沒有修理喇叭，會不會是一種諱疾忌醫的逃避心理？也說不通，這似乎沒有什麼好避忌的。但我的喇叭無論怎麼樣都一直維持故障的狀態。也罷，我本不習慣，因為沒有喇叭，所以我騎車就變得更加地小心。有幾次事故發生時，被忽然衝出來的車輛嚇著，當下也只有一股悶不住的尖叫，事後想想，那麼緊急的時候真的來得及按喇叭嗎？

第一次遇到按喇叭按得很從容的，是某次搭乘同學父親的車，我發現他按喇叭的時候，只是輕輕地碰了一下，喇叭的聲音短而急促地響了又收束，讓前方的用路人注意到了，卻少了破鑼嗓子般的刮裂，那種差異就像是有人無端推你一把或輕輕點你一下，那人回神得再怎麼突然，也少了點驚恐，大概也不至於生氣吧。

後來我慢慢理解，同樣的是按喇叭，有些習慣是汽車與機車不同，或是因應不同的地區性而有變化。據說，台東因為轄內某些道路比較狹小，所以行進中前方的車子若閃方向燈，便是允許後方車子超車的意思。此時，輕按兩聲喇叭是謝謝，回按一聲喇叭是不客氣。

也曾經有那麼一段時間，大家總愛說：「聽你在喇叭」（意指對方的話誇大胡扯）。這話生動有力，俗歸俗，反倒活潑潑的。每每聽到人說起，都張著一臉不屑訕笑的表情或搭配「屁啦」的手勢——大拇指與四指圈成一個虛空的拳，然後朝著對方猛然地爆破開來。注意！手勢一定要猛爆性的，過於柔和緩慢，會像是一朵逐漸盛開的花，失了那股輕蔑的勢——我不確定這話是從國語衍異到台語，還是由台語而來的。我卻總是把這話直接跟車上的喇叭聯想在一塊，聽你在喇叭，就是聽你叭叭叭叭，盡叫出一些聽來不悅、讓人受不了的聲音，當真喇叭嘴。

那個年代，「路怒症」（road rage）還是個挺鮮的詞兒，行車記錄器也沒那麼普及，但我已經可以理解喇叭聲是多麼地令人不悅。最常見的情況是綠燈一起，被後方的車輛警示，忽然爆裂的空氣像是炸彈投入耳膜，就像是專心讀書的時候忽然被惡作劇的朋友從身旁嚇了一跳，憤怒的情緒就如同猛然跳抽的心臟一樣緊急收縮又迅速擴張。能不氣嗎？

為什麼喇叭的聲音要設計得這麼張狂呢？

二〇〇五年，楊照出版《十年後的台灣》，《自由副刊》以此為題徵文，啟事裡問到：你希望十年後的台灣是什麼樣子的呢？大概我沒有什麼高瞻遠矚、盱衡時世的能力。我只是覺得，十年後的台灣能不能夠不要有這麼多喇叭？我竟異想天開地寫著，如果喇叭聲可以不要設計得這麼刺耳，而是變成古典音樂般悅耳的話，你是巴哈，我是蕭邦，他是莫札特或貝多芬，台灣該會有多美妙？

十年過去了，好險好險，當年的文章沒有刊登，要不然果真是「聽我在喇叭」了。

——發表於《幼獅文藝》761期，二〇一七年五月。

男人的疤

左手腕有一個淺淺的胎記，沒有特別不同的顏色，襯在我的白皙的皮膚上，看起來倒像是微微隆起的牙印，又像是地理課本的圖片中，俯瞰沙漠時而有的新月丘，也算漂亮。可是卻從來沒有人注意過這個胎記，媽媽也不曾注意。

曾經，我是多麼羨慕有胎記的人啊。尤其是遮蔽在不為人知的部位，其實隱藏著我真正的身世之謎。說不定到了十八歲，在街上的一場意外中，我會忽然發現自己原來不是現在的爸媽親生的孩子……。那個年代，有好多連續劇、電影、小說，無論是愛情、武俠、家庭親子，總是會有因為胎記而相認的劇碼。在我充滿劇情的幼稚的心靈，總覺得自己不該只是這樣白白地長大，必然有著不同於其他人的坎坷與波折，我身上，一定有胎記。

每次我問媽媽，媽媽要不是冷冷地回一句：沒有。不然就是心情大好地跟我抬槓：媽媽把你的皮膚生得這麼好，怎麼可能會有胎記呢？

真失望，媽媽怎麼可以這樣？所以往後我終於在左手腕發現了一個如同新月般凸起的印痕時，有那麼一陣子，我到處跟別人炫耀：其實我有胎記喔。我是多麼害怕啊，當我被丟擲在命運的浪濤漩渦中而與家人朋友都失去聯絡時，他們要找我，也好歹有點線索吧。

直到我發現根本不會有人理會我自導自演的劇情時，那個疑似胎記的印痕，仍然安安靜靜地躺在我潔皙的左手腕上。不再埋怨媽媽沒幫我生個胎記，我的焦點轉向羨慕男人的疤。

上了國中，古惑仔系列的電影橫行江湖。我雖然不是追星族，但是電視電影看多了，也多少在心中有點偶像崇拜。一次在與同學討論四大天王的樣貌時，我對張學友的印象是他的臉上似乎有一道淺淺的疤痕。這疤痕，很快讓我想起古惑仔械鬥街頭的狠勁。也許是彌補生來性情溫馴軟懦的情結，我跟朋友說，你不覺得有疤的男人很「性格」嗎？

印象所及，那是我第一次把「性格」當形容詞用。

疤痕不像胎記天生如此，那必然受過了一點傷，應該也很痛，所以在傷痛的象徵中，疤痕似乎很能代表男人的氣概。可是別說我沒去跟人動刀動槍，平日裡的碰碰撞撞，甚至青春期臉上猛爆性的痘疣兀自燦爛一番後，鮮少留下歲月的痕跡。這時，媽媽總自豪地說：都說生得漂亮，連疤也沒留下。

可我偏對於男人的疤生有著莫名的嚮往。想我沿著歲時的軸線緩緩前進的青春年少，由男孩跨入男人的象限，音響日日播放著傷心的情歌。男人的疤比女人更加地痛、更加悲慘與委屈，流行歌詞都是千篇一律地這樣控訴，因為男人流血不流淚，淚乾了什麼也沒留下，血乾了至少會有疤。

直到某一天在健身房運動時，中途休憩低俯著身子，我忽然發現自己小腿脛上有些結痂已久的傷痕。這些本也不陌生，我總是常常在自己蝸居的套房內，一下撞到床緣，一下踢到桌腳。當我隨意算數著這些傷痕，自嘆如今皮膚復原的能力不如往年時，也一邊按壓撫摸著自己的雙腿，像是檢視著什麼物品一樣，仔細地偵查。不料想，卻在左側小腿肚邊，發現茂密的腿毛中有一道光突的摺皺，啊，原來那是一口遺忘已久的撕裂傷。

小時媽媽的麵攤打烊，我例行的工作就是要幫忙洗碗、倒垃圾。垃圾集中在離麵攤不遠的一處垃圾場，但是個頭小小的我，有時候會提不起過重的垃圾，沿途拖行反而一路散落更難收拾。國小四年級暑假某天，麵攤收拾的工作大抵結束，剩下幾包垃圾還沒處理。太重，於是只提著一包，讓垃圾靠著我左側的身子，然後兩手用力往上拉提。我隱隱覺的小腿有點不舒服刺刺的感覺，依照以往的經驗，下意識認為應該是免洗筷突出而刮到了我。我的上身自然往左傾斜，用力將垃圾提離地面一兩公分，右腳為定點，左腳倚著垃圾施力往前挪步，右腳才跟著往前跨。就這樣一拐一拐，費了一陣子才至垃圾場。就在我還喘著氣，把垃圾提進竹簍時，發現垃圾袋破了一角，刺出一片銳利的玻璃。低頭一看，右小腿一片油漬汙穢中，非常猛烈地湧出一片黑紅的血，當場嚇哭。

等我回家躲在廁所用清水沖洗傷口時，我才真正看清楚。原來我用力提拉垃圾時，那片玻璃順勢割得我的小腿皮開肉綻，而費力拐行時，大約那片玻璃也在我的腿脛上下下反覆割裂。當時我還小，家裡的人似乎不太有什麼醫療衛生的觀念，不知道可能會破傷風或是蜂窩性組織炎，竟也沒有想到就醫。費了一番工夫止血後，我的小腿就留下了一道非常清楚的「破洞」——真的是破了一個洞，還算白皙的皮膚忽然多了一道口子，傷口的邊緣呈深褐色長條狀。往內裡看，如同俯瞰峽谷一般，可以看到鮮紅的內裡，那紅通通的肉的紋路十分清晰嚇人。之後每天洗完澡後，我就到阿公的房間拿藥膏輕輕地擦拭傷口，看著害怕卻又不知如何是好。漸漸地，傷口的表面結了一層薄膜，又越來越厚，與旁邊的皮膚結合在一起，傷口拖了一兩個月才真正癒合。

如今，那疤就安穩地躺在那，我找著了。果真不是自己內心小劇場作祟，只是這麼久的時間，傷口早已不痛，傷痕淺淺淡淡的，表面那層薄膜，隱約還皺著。如果讓我閉上眼睛，再回想一次傷口的位置，我還可以明白知覺那穢漬的破裂中，裡頭那片愈趨深隘的血紅。

泰戈爾說：「當日子結束時，我站在你面前，你將看到我的疤痕。明白我曾經受傷，也曾經治癒。」就算沒有坎坷的身世，沒有械鬥江湖的狠勁，如今我也算得上性格的男人了。

——發表於《人間福報・副刊》，二〇一四年五月七日。

行色

我不太和家裡麵攤的人客寒暄。

老家陳舊的格局，歷經了三四代人的居住，東牆挖了補西牆，原本的住宅成了頭家娘的麵店，長年在外的我如今搬回來，只能窩居在幼時的房裡——我不在家的這幾年，那是麵攤的雜貨間兼麻將間。現在回來，最大的問題不只在於門前窗後都是廁所，氣味不佳，更嚴重的問題還在於人來人往的麵攤只有一扇門之隔，毫無隔音的效果，我堵得住瀰漫的煙味衝進來，也無法吞納任何混雜的叫囂。

碩士班的三年我也回景美的家住，年輕氣盛，對於麵攤的環境總是忍不住地嫌惡——尤其夏天開著冷氣關著門窗，裡頭雲霧瀰漫。空氣不好不說，我才進出一趟，渾身染上了煙味，當時在國小安親班打工，卻輾轉被家長向老闆告狀：老師菸抽很兇呢！

總是百口莫辯，也不情願吞忍，不知道該對誰吞忍，頭家娘乾脆地教訓：別嫌，這就是在做生意。

經過了幾年的歷練與薰陶，脾氣收斂了大多，尤其不願讓頭家娘愧疚，更不能向她擺臉色。但是房間就在麵攤之中，進出時不免穿過一位又一位歡暢飲酒的人客。這些人客絕大多數都是積年的老顧客，總是熱情地向我招呼，回來啦？唉唷博士欸，今天不用教書嗎？伊真乖啦……，這恁囝？哪會遮躼？會這樣說的大概是新的人客，在向頭家娘搭話。無論如何，我總是行色匆匆，哐啷一聲閃進了房間，上鎖，才能放鬆自己一貫繃緊的表情。

伊較無笑面啦！

頭家娘免不了得對比較不熟習的人客解釋我的淡漠。

我不說話、不答腔，並不是因為我鄙夷麵攤的人客。要說我有自以為是的地方，最多就是不太愛跟人客同桌吃食。家裡因為做吃的，日常就沒有一起吃飯的規矩。媽我要吃飯，常常是這樣一句話，頭家娘就會攢便便。頭家娘是很樂於幫我們三兄弟準備吃食的，但是我們三兄弟性格大不相同。大哥這方面比較隨興，有時候頭家娘煮了一桌菜，約定的人客還沒有來，就隨意夾了上面的幾道配菜。這一點我真的無法，我一定會出聲制止。這乾淨的啦，他們還沒吃過啦。或許頭家娘看出我言行中閃現的嫌惡，我只是撒嬌說，我不愛吃這個。其實弟弟也不和人客同桌，但他倒不像我——除了要吃，還會跟頭家娘點菜。

我常常把自己鎖在房間裡，也只有等到吃飯的時候，才會開啟房門。

身為生意囝，最大的困擾不只是麵攤龐大的人際關係及問候外，更困擾的是「人暗我明」，在居家附近方圓兩三公里都可能是頭家娘的勢力範圍。搭公車、便利商店、公園運動或是倒個垃圾，可能都會被完全不認識的人熱情招呼與問候，面對著面卻完全不知道是誰，他對你的近況卻還能說出個眉目，唯一的可能，那就是麵攤的人客。也許頭家娘不期然問說，哪個人客看到我在萬隆口等車，是要去哪裡呢？教冊啊。我漫不經心地應著，卻根本想不起來是哪一天我站在哪裡等車要去哪裡，只覺得鄉里的人情脈絡像是天羅地網一樣的充滿了過度熱心的偵查。

若是熟門熟路的人客，即使我不認識，他們都可能自己鑽了進來，在沒有開門做生意的時候。有時候週日回家，陰暗的麵攤突然藏著一個人，著實嚇我一跳，回來啦？只見他從冰箱拿了一罐黑松沙士，然後丟了二十元銅板放在桌上，自顧自走了。我也不認識。某次過年除夕，家裡正在大掃除，忽然闖進了一位阿姨，在打掃啊，好乖喔，然後忙不迭地甩進了廚房抱走火爐上滾燙的佛跳牆，跟你媽說，我拿走囉。還有一次週末，睡得正香甜的我，突然被外頭的敲擊鐵捲門的聲音吵醒，壓抑著滿腔的起床氣，鏘鏘鏘鏘，門才捲到半個人高，一個人丟進來一袋血淋淋骨頭，給你媽。誰啊？總是這樣，直到頭家娘回來，我也交代不清到底是不是某某某拿走的，會是誰誰誰拿來的，反正頭家娘知道，那是要熬湯的，那是記在帳上的，頭家娘就是知道。

我也是有知道的人，阿蘭叔公從小就在我們家幫忙收垃圾，他每次都誇我很乖，如今長大了更是「博士博、博士博」這樣地叫我。毛仔阿伯是我爸的兄弟，爸爸還在的時候他們老是喝在一起。有時我看這漸漸老去的毛仔阿伯，會有恍惚閃神的時刻，覺得有一絲半刻像是爸爸身影復現。有一位好像叫做水叔，在爸爸生病的時候很客氣地送了些滋補品來，頭家娘說沒關係水叔環境好負擔得起，好像這幾年沒見到他來了。

鎖在自己的斗室裡，最受不了也沒料到的，便是不小心參與了他們的庸俗而真切的喜怒哀樂。那些家常便飯式的話題，若無顯示出任何秩序，大腦的保護機制大概會把噪音摒褪成背景裝飾。什麼是秩序呢？對於這些年事已高的伯伯阿姨們，一件事情重複爭執不休，過沒幾分鐘，就容易引起我隔牆的非禮之聽。

最常聽見的就是政治議題的討論，吵來吵去，這是台灣日常生活的縮影，也不太有什麼共識或交集。倒是有一段時間，網路上發起隱蔽52台新聞的活動，我順手把麵攤的52給鎖碼，聽得人客轉了半天轉不到，議論紛紛，頭家娘是不睬政治的，聲稱電視壞掉，不然就是兒子做的手腳，一副無所謂的樣子。聽得我又是心驚又是竊喜，原來52台新聞的觀眾還真是不少。

某次正趕著一篇即將截稿的學術論文，外頭忽然有一位破鑼嗓的阿姨，吃飯聊起天來真的是非常高亢，在飯桌上跟著眾人爭論了起來。她批評一位朋友到她家作客，竟然沒有先跟她家的祖先公媽上香打招呼，足無禮數。毛仔阿伯嗆回去，哪有人客跟自己公媽拈香的道理。頭家娘興起加入討論，跟那位阿姨說，你來我們家也沒有上香啊。做生意的不一樣啦，到人厝里生成愛跟公媽報告一下，這是禮數。其他的人聽到不以為然，又紛紛嗆回去……。

這位阿姨燙個泡麵頭，個小小的，身材有點臃腫，畢竟有年紀了嘛。但她的聲音倒是很驚人，我進出很難不注意到她。

有一次話題來到了她跟另一位朋友交惡的過程，毛仔阿伯事不關己地唱著

「可憐啊可憐啊～」氣得阿姨連珠炮式地轟炸同桌人客，細訴她如何如何委曲求全，又如何如何熱臉貼冷屁股，等到我傾耳注意時，發現交惡的關鍵竟然是「伊攏無回我『貼圖』捏！」實在讓人忍俊不住，原來上了年紀的阿姨伯伯們，也這麼在意已讀不回？

也是這樣我才意識到，愈是日常瑣碎、無關宏旨的，反而愈能夠拉近我情感上與之的距離。這些話題的開頭通常我不會注意到，等到留神了，必然是最高潮的時刻，可是大人們說話總是這樣，一句話重複三四次，三十分鐘下來情節發展原地進展不前，完全沒有辦法拼湊出故事的脈絡或輪廓。

事主是一位常來的老顧客，他大約是在「鄉情卡拉ＯＫ」熟識一位鬥陣，沒想到這位鬥陣後來移情別戀，讓他十分失意，無法忘卻。席間六七個人，男的我差不多都該叫阿伯，女的客氣叫一聲阿姨。在這一桌合起來六百歲的午餐中，話題圍繞著各種勸慰與同情。歡場無真愛啦（這國語），飲啦飲啦，過去放乎煞啦（這是台語）！來來往往，你一句我一言，我聽得出來左右各有一位年輕的女生在輪流勸解。直到旁邊的一個女性的聲音突起，似乎先前不曾參與討論的說：「哥哥你遮爾仔失意，恁某看到按怎交代會過去啦？」喔、喔、喔，原來是有老婆的人喔？不禁讓我感受到世情糾纏，太難理解了。什麼名不正言不順，分明在觥籌交錯的檯面下，那個國語叫做「乾女兒」的鬥陣，怎就在台語裡面成「女朋友」？人間一切的關係與名分，沒有比逢場唱戲來得更靈活且具有伸縮自如的彈性了。

畢竟我離家太久，慣常有自己的脈絡與節奏，有太多的寒暄我反而看得太認真，要解釋起來實在太為難了。人與人之間，即使親如父女母子，少了實際上的生活分享、沒有各自脈絡的相互融通理解，日子最終都會活成一種既定的程序。

頭家娘本來是阿嬤，後來變成了媽媽。沒店招、沒掛名的小吃店，老一輩的戲謔地說是「阿霞大飯店」，後來變成「麵攤」，三級警戒之後要掃實名制就變成了「景豐街小吃店」。從阿嬤開始，如今也有四五十年了吧？更早的那些蚊子、鼠仔、六尺四、黑狗……，我只是聽著長輩這樣喊著，他們的名字或綽號到底怎麼寫，到底誰是誰，隨著記憶的漫漶模糊，也就愈來愈沒有把握了。頭家娘開玩笑說，把一代又一代的人客飼甲死，嘛是有感情的啦。雖然她也總說，再過幾年就要退休了，把店收一收，卻總是一年延捱過一年。阿蘭叔公退休之後，另外有一位非常客氣的叔叔開個發財車幫忙我們家處理垃圾，每次看到我進出總是

「回來啦」、「上班嗎？」我對他總是微笑點頭，卻仍然不多說什麼。其實認真想想，這些顧客待在這裡的時日、陪伴頭家娘的日子遠比我多得多，他們即使放假都想著要來，我反而卻常常想著要離開。

店裡真正安靜的時候，就是一早準備出門上班，我總是坐在店裡的椅子上穿鞋，看著門口外透亮透亮的日頭，桌上堆買了頭家娘去中央市場補的貨，然後看著她倚佇在灶台與流理台備料。有時候桌上會有一杯美而美的咖啡，或者我會問她要不要幫忙買一杯。我可能邊吃邊滑手機，在燈還不亮的店內，頭家娘順口講一下最近發生什麼事情，繼續挑菜或熬湯。

「我要出門去上班了唷。」

這才是我唯一會主動報告行程的時候。

我知道店內待會中午可能又會有滿堂的喧嘩，也知道可能又會有怎樣的爭論或小道的八卦閒磕牙。我知道即使有一天我受不了吵雜還會再搬離……。但來來去去，進出這個房間這麼多次，就是在做生意嘛，我知道這都是日常，我都知道。

弄我

我一直很喜歡被弄。

不知道大家理髮的時候，是怎麼樣的呢？是閉上眼睛等待最後的成果，還是看著鏡子的自己一點一點的變化？我在臉書PO上這則投票，發現還真的各有擁戴。

那是個週間的午後，進健身房前，臨時到了隔壁的百元快剪想速速清爽一下。寧靜的髮廊只有我一位顧客，繁鬧的新生南路被隔離在冷氣房外。你要怎麼整理呢？照這型吧。一屁股急匆匆捧入椅座，我呢，是捨不得不閉眼的，但往往也就是這一瞇，沒有了視覺後的膚質顯得無比敏感，刮刀廝磨於我的耳鬢，撒撒西西撒撒西西，我就捲入了無眼界乃至於無意識界的沉眠——彷彿回到小時候巷頭的家庭理髮，小小的身軀坐不上成人的位置，理髮阿姨還特別拿了個像是洗衣板隔在扶手上，突出的一顆頭，晃噹晃噹。小孩開大車倒是有幾分王爺出巡的氣派，只是不記得是緊張還是期待，總是沒過多久，鏡子裡的我連同天花板椅子桌子乃至於整個理髮廳，持續上上下下顛來倒去，然後壓縮成模糊的一線混沌，唯一的感覺只有阿姨反覆扶著我的頭，伴隨著喀嚓喀嚓喀嚓俐落又清脆的聲響，我只覺得好想睡。

我應當是沒有睡很久的，只是待我飄盪的意識重新摶斂匯聚時，眼未開，已感覺不對勁。我依然坐在理髮的位置上，依然可以感覺到新生南路的間歇的車流，椅子當然沒有隔板，身高一米八三的我，還不時得騰挪死鬼長的雙腿。只是這種反射性的蹭移，卻意外注意到10號設計師在我頭皮上有著點描般的輕琢精筆，手指與工具在我的頂上反覆輕柔細緻的游移，奇怪餒，我印象中這種百元理髮都是搶時間大開大闔喀擦喀擦方便就好的啊，我覺得自己的頭皮連著背脊麻了上來，愈發不敢睜眼。正當睏意再次從耳垂蔓延至腦門時——好了。一個招呼，嚇到我整個醒覺睜眼，卻又立刻被眼前的景象奪了魂去。他竟然趁著我在打盹，削去了我大半邊的頭髮，幫我製造了非常酷炫風格華麗備受矚目的髮型？怎麼會這樣？我頂著一個駕馭不了的頭，感受到身首異處的難堪，狼狽地逃出了髮廊。

照這型吧，造個型吧。

怪誰？只要被弄，總有一股的迫不及待騷動，連咬字都不端莊。

那個像是睡意又說不上是睡意的舒坦，總有著各自的型態和走向。當它沿著我的肌理神經與骨骼血液竄流時，被馴服的多半是這具撐持不住的肉身。好比那次也是很扯，設計師同時要處理不同的顧客需求，大概是忙不過來，竟然就放著我那理了一半的頭顛來倒去，待我回神鐵門早已半拉。他訥訥地說，我怕弄到你，就沒叫醒你了。

罷了罷了，我本來就沒太在意造型，你快弄弄吧。

*

身體本就是架殘損的樂器，尤其在全身按摩時特別容易形成這樣的隱喻，隨著師傅的手技壓揉頂捏撥，各種忽大忽小的咿咿喔喔必然伴隨著痠麻痛癢釋放宣洩而出。無奈浸淫既久，身體卻是愈吃重力，任憑師傅再怎麼力拔山兮地輾壓，在我身上一概成了輕攏慢拈抹復挑。好幾次兩節的按摩結束方才醒來的我，完全不記得自己有被弄到。像這般花錢去睡飽飽的，未免太冤，可師傅偏偏說，睡眠才是最好的休息，值！

我並非不會感覺到痛，只是被弄的時候，即使是痛也恍兮惚兮。偏偏，有那麼些個師傅總以客人的反應作為調整的依據。那次，一位男師替我抓腳，才開始不多時，我又陷入了昏沉，儘管努力與睏意對抗，眼睛卻處在開闔之間反覆跳閃。師傅大概覺得自己用力不夠，一次又一次地加足了力道，層層疊加、次次催逼，每一指都按得更硬、更直、更深入。我從眼皮縫中鑽出得一點點些微的神智還沒被腦霧給掩蓋時，嘗試著提醒他含蓄一點，然而幾乎是要昏沉的瞬間，我看見師傅抽出了自己的手拚命直甩。……你太大……力了……來不及說完整的話，最終隨著意識的彌留一同繾綣伏流。

醒了，師傅早已經收拾得乾乾淨淨，該弄的，都弄了。

我高度懷疑，兒時必然有些慾望沒有被好好滿足。育嬰專家都說，嬰孩階段，觸碰的滿足可以創造飽滿的安全感。會不會是因我早產而孱弱，在我最需要觸碰與擁抱的幼時，只有各式各樣的維生儀器與保溫箱陪伴著我？聽媽媽說，每當醫生說可以把我抱回家後，我就一定會發高燒，得重新送回保溫箱。難道是因為這樣才致使我缺少了因為觸碰而得到的滿足嗎？可惜任憑我如何捲入闃闇淵深的識想，仍舊無法憶起太過稚嫩的回憶。《感官之旅》的作者黛安・艾克曼

（Diane Ackerman）曾經擔任早產兒病房的義工，負責的工作就是為保溫箱的孩子按摩，她說那能夠有效地促進新生兒的機能發展。我那時也有得到這樣溫柔的撫觸嗎？所有關於出生的軼事，只憑藉著家族親戚的傳佈與流語。好像，最遙遠的記憶，我只記得自己坐在椅子上，雙腳懸空晃蕩，媽媽說我的跤骨較軟，無法度行。那，我會爬嗎？不是說，嬰孩時期的爬行，最是能夠開發觸覺感知的多樣性的重要階段嗎？我試著努力召喚身體與地板之間大幅度的接觸，各式各樣不同的觸感與溫度，記憶匍匐而行，有嗎？有嗎？

記憶如此昏寐，我趴在地板上。

教練要我撅起臀部，開始觀察與調整因素日裡不良的行住坐臥而壓印在身體上的痕跡。與傳統重量訓練不同，功能性訓練強調肌理的細部運作機制，期望透過訓練，使我們的身體變得更加地好用。他左手壓著我的下背，右手劍指沿著我後脊的兩側輕按，似乎在探索著什麼樣的布局與走勢：按完腰大肌後，練習半程的棒式，確保腰椎回復到相對伸展，骨盆相對前傾，並且讓骨盆往後移動……，嗯，你有在聽我說話嗎？幾乎在同一時間，我硬是鬆開儼然已經將要成型的鼾聲，有呀有呀，你幫我撨了一下，我覺得舒服很多，真的，很舒服。

運動自然是累的，可是千不該萬不該，教練不該伸手過來調整我歪斜的姿勢或顯然障礙的行動。每每對方的指尖掌心碰觸到我，體膚與掌腹因摩擦而放電，多少毛孔迅速地痙攣閉合又極致舒張，我兩瞳散焦、肌肉鬆弛，甚至覺得眼前一片暈暈迷迷的，恨不得打個呵欠，啊——嗚——

運動很累吧？

是啊。謎樣地看了教練一眼，心裡還想他蠻帥的嘛。

這太離奇了，我說的是指身體的接收能力。好幾次我也試著想要自己弄，對著鏡子，手指與掌心觸碰著日漸硬挺飽滿的胸肌，或是沿著腰側試圖搓揉每一條肌束，平躺在瑜伽墊上時，腹肌凹凸的觸感勉強還給了自己一點慰藉。都說觸摸是形成本體感覺邊界的一大機制，但不管自己怎樣的上下前後擠壓推揉，或是指尖輕輕戲觸調弄，原本產生的那種模模糊糊的令人舒緩的醚味一點也沒醞釀。我就奇怪了，為什麼師傅或教練在幫我鬆弛股四頭肌時，感覺手還沒有靠到我的腿上，卻已經一陣爽麻爽麻，等到他們的小臂才放上去，啊嘶——我的大腿頓時痠得難以承受，那像是涅槃又像是黑洞，空哪，彷彿大腿肌群的每一絲每一縷張力都鬆散卸除，直到色受想行識都一一消融、一一散化。

教練說，那是皮膚上的ＣＴ纖維的特質，對行動緩慢每秒五公分的觸碰特別敏感。教練還說，別人的觸碰因為是不定性的，出乎意外而隨機，反而自己對自己的揉捏按摩，早已透過視覺等其他感官的提醒，讓身體預備被弄。

＊

所以呀，拜託請不要看著我皮膚好就冷不防摸我一把，不要因為表達親熱就突然跑來勾肩搭背，我可以跟大家Say Hi但是請不要握手，再是興奮的喜事可以手舞足蹈也不要擁……好啦，不然弄一下下也是可以的啦。

難怪，以往跟另一半吵架永遠不會贏，不管發生什麼事情，不管到底有多少道理，就算是抱持著一刀兩斷的決心，豁出去了，來攤牌啊，只要對方卻過來一把抱住之後，捏捏臉摸摸頭，尤其枕在對方的腰骼上，他的手指輕輕地在我的額上與雙頰滑動點觸，也不過是這般輪著弄我，忽然就一陣沉默的鬆軟，真真是被啟靈的密蠱下了充斥費洛蒙的咒語……。

我承認，我很少清醒。

這太沒出息了，竟然就這樣任人擺弄。

我是說退伍前一週的時候，盤算著當兵一年來都沒有用到軍證免費看病的優惠，便掛了個號趁此到軍醫院拔除右下方的智齒。那是我第一次弄智齒，哪有什麼經驗，偏偏又是個教學觀摩的門診，動手的醫師看起來生生澀澀，旁邊還有位正在現場指導的主治醫師。看牙恐佈，我也的確恐怖，竟然在被弄的時候，又緩緩地緩緩地要睡下了。醫生三番兩次要我張大嘴巴，哇——痾——嗚——我的嘴型反覆順著自己的睡意開齊合撮，醫師只好把我的嘴用工具撐開——不得了，這一撐，我倒省了自己費力，明明緊張又恐懼，卻還悠悠忽忽地睡去。直到稚嫩的醫生緊急叫醒了我說：先生先生，你的智齒拔不出來，我現在要用力拔除，你的頭要跟我反方向抵抗。像拔河嗎？惺忪渾沌裡，還沒準備好的我口齒騷亂地問了個荒謬的問題。

對。

對？醫生竟然說對。

於是乎我睏意未散，朦朦朧朧中所有的痛楚都麻成了一股厚重推拉，我的頭明明想要奮力向後，卻只是半吊著脖子癱軟著，一旁指導的醫師連忙捧住我的頭，我倒是像極了寒流來襲的早八課，往後一枕，怎麼這麼睏呀——啊——嗚——剁的一聲，濃厚的呵欠幾乎伴隨著清脆的空響，迴盪在我窅深的齒穴裡，也嚇醒了我。

怎麼了？

拔好了，你剛剛睡著了。

直到麻藥退去，我的下面頰逐漸腫脹，接下來的幾天，腫脹大到像是含了顆橘子，連阿嬤都不禁問我：你佇咧食啥？無，我無……我謀正爽啊。我操弄的母語像是浸泡了過期的福馬林，自己只是無辜地撫弄著我愈益澎湃的臉頰。看著我下巴連著脖子到肩胛頭仔竟出現一大片的烏青時，人人都問：怎麼會弄成這樣？

啊災，拔牙本來就是可怕啊，讓我遠離，讓我顛倒，卻又讓我夢想。尤其是躺在那凹凸有致的診療椅上怎麼有一種精力疲軟而洩出的感覺，昏昏沉沉地聽到醫生說要跟我抵抗我要用力你也要努力三二一跟我一起嘿咻嘿咻伸進去又拔出來時……雖然害怕，但又覺得舒暢。

不得不承認，我很喜歡被弄，喜歡那些技術活在我的頭上臉上身上腿上吱吱拐拐不預期地每秒來回五公分時創造出來的殊異的觸感與節奏。

弄我，好嗎？

——發表於《Sample 樣本》第二十六期，二〇二二年五月。

——依舊是沉默，我們只是很慎重地任由光影擺布流動，靜靜地陪伴著眼前的一幕，在最後的尾聲，誰也沒有多說什麼——

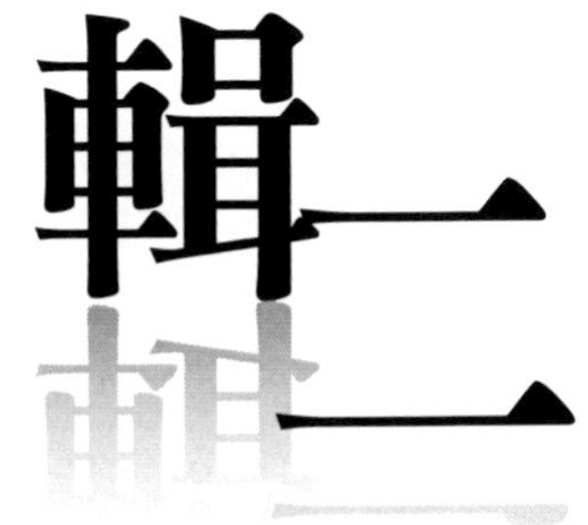

天天衰退

我有一位女朋友，很愛很愛我，但我從來沒有見過她，只有在我阿嬤天天衰退的病榻前，不定時閃現在話題之內。

啥物時陣欲娶某？

無啦，人我、無、欲、結、婚、啦。

不一定每次都把話講得很果決，更多的時候我的話語黏濁纏繞，搭配著浮誇的表情與音調，回應阿嬤在病床上千篇一律的問候。但她都會接著說，有一位查某囝子足意愛你，伊就愛著你啊……。

話題總是不由自主地會停留在空白的凝視中，我看著躺在床上的阿嬤，床頭播放的廣播電台夾雜著嘶啞碎裂的歌曲，阿嬤靜靜地望著天花板，眼神很空很空，通常我會再停留一下想想還能不能講個什麼樣的話題，看看能不能逗她說說話。

結不結婚，一年一年地過去，對我愈來愈沒有壓力。或許是因為家族裡不結婚的人太多了，堂姊、堂哥、三位堂弟，還有弟弟，或許因為大哥已經結婚生子，好像那種傳統的責任有人盡了。在我青春正盛的時候，但凡有結婚的話題我便以故作叛逆又戲劇化的口吻戳破了家人的期盼——拜託，單身多好啊！唯獨一次讓我驚恐的，是早晨聽到阿銘叔叔來到店裡，我還在房內賴床，隔著一扇門聽見他問著媽媽說，你家老二怎麼還不結婚啊？由於是偷偷聽到了他們的對話，我不禁聳起了神經，「他喔……。」

我當然也曾擔心媽媽是不是知道了些什麼，萬幸啊，他們從來問我的是結不結婚的問題，而不是問我愛不愛。畢竟結婚更像是社會制度或人生階段的一種架構，不要這個架構的理由太多了；可是愛或不愛很大程度卻是包裹在生物性中的本能中，這個問題除了坦承以外的任何修飾，都有一種撒謊的心虛。

我沒有一位愛我的女友，但為了可以更好地去愛，卅歲以後，我開始加入健身房。

第一次參觀連鎖健身房時，對著五光十色的投影閃爍燈光，竟有著置身於夜店的錯覺。業務員老練的台詞單刀直入：你的目標是像誰？我訥訥語塞。郭富城？彭于晏？你想要變成什麼樣子的身材沒有想法嗎？混亂中我逃入了電梯，看著自己慌張又笨拙的神情，我想變成誰？我根本沒有想過這竟然會是個問題。

起初的目光就是這樣的膚淺又害羞，就是不斷地雕琢自己的軀體與肌肉，就是對著鏡面擺出足讓燈光陰影交錯得最立體乃至於拍出最上相的局部照，上傳，交友。尤其在剛開始的半年內，歷經了健美人士所謂的新手蜜月期，每天的鍛鍊伴隨著規律又明確的延遲性痠痛，渾身上下，該膨的膨、該脹的脹、該硬的也硬了。朋友看到了我不尋常的變化，無不促狹地斜嘴一問：健身的時候，有沒有被搭訕啊？

問這個話的人，總是外行。他們的想像如同我剛開始的倉皇及慌張，還以為健身房是個高級的交友婚配中心，大家各有心思。偏偏，我逃離了時尚絢麗的潰設，來到了台北健身院，一個陽春的地下室空間，點著大白大白的日光燈，平板的鏡面把所有的凹陷都曬得光光亮亮，廢棄的三溫暖隔間用來堆疊雜物，而都會傳說中那些不可告人的祕密空間，完全沒有，只是兩張發霉布簾隔著對門的兩把蓮蓬頭。

蒼老與蒼白，就是北健的早上。北健的早上，都是積年的老顧客來運動，那些大叔大伯，少數是趕著上班前來進行例行性訓練，絕大多數則是已經退休。這麼早的時間，除了像我這樣在寫博士論文的研究生外，也不常看到年輕人。我向來僻靜，在健身房不曾同任何人攀談過，早上的健身房背景音漂浮著乾枯的沉靜，有的獨獨是叔叔伯伯們的寒暄。

阿泰上禮拜去割大腸瘜肉你知道嗎？

我上次去做睡眠胃鏡，那一家不錯，我再推薦你。

哎呀，上次的健檢紅字還是變多了。

老羅罹癌了。

……

起初我也疑惑，我的健身房不就該一群帥男靚女爭奇鬥豔的修羅場嗎？王盛弘〈天天鍛鍊〉就是這樣子描寫的——我輩中人的健身像是生物演化中求偶本能。還記得在課堂上講述這篇散文時，隨口引申發揮，可能太過於放鬆而失去了戒警，脫口而出「其實我們啊——」立即收住了口，底下的學生憋嘴忍俊，是我太敏感了嗎？那些或張望或閃爍的眼神，單單憑著一個「我們」就能區別出不屬於同一國的另一個龐大群眾，從而把自己圈養在圈圈之內。

那樣被看穿的赤裸，彷彿在交友軟體遇見認識的人一樣的害臊且彆扭。不同於課室上的堂皇，不同於北健裡的明亮，軟體上闃黑鑲黃的格線，間隔出一列又一列的身家、編號及屬性。在那些奔波遠走四處講課的時日中，也曾經跳出一則又一則的紅色愛心，無暇點開或不知如何回應，只是任憑著數字跳動如同妖股的K線那樣亢奮攀爬。都是些蝦子啊，去頭就能吃。有一段時間流行了這樣戲謔的嘲諷。截頭去尾的身材照，各種角度擺設與濾鏡的調校，我們當真把自己當成了期貨投入了市場，波動上下，進場入場，有人是逢低抄底，有人是追高殺低，彷彿流連忘返的只是一種制約的反射。科學家說，每一個紅色點點，都刺激著我們的多巴胺瞬間分泌，使我們庸凡的軀殼得到了無以倫比的慰藉，彷彿自己很受歡迎。

約嗎？

不了。

不約放什麼誘人的身材照？

我防衛性地重新屏障了近似自欺的理由，我要讓自己變得更好。一個更好的身體是不是就意味著更好的自己呢？卻來不及趕在對方封鎖之前送出訊息。無禮的質疑不甚難堪，卻讓我恍然大悟，原來那是真的。我指的是當年女性主義的課堂上，老師引介西蒙・波娃的說辭——當一個人更好地打理自己的身體時，並不會變成更好的自己，因為在一個龐大的體制之中，更好的身體就更好地捲入了整個體制將之物化的邏輯。

我的身體，就此銘刻了各種充滿情慾的曖昧挑逗，在無眠的暗晚勃發躍射。一個地方待著久了，沒見過面也有了幾分熟悉。只有我自己知道，上傳的照片是一張比一張陳舊，反正不要臉，只有身材的蝦子照追溯到健身之初的蜜月期，即刻爆滿了紅心，他們卻說：「你的身材愈來愈好了……」加上一個親吻的或是愛心的符號，「健身房裡很多人跟你搭訕吧？」

沒有。大清早的北健，只有一群認真運動的叔叔伯伯，他們訴說著如何與歲月對抗的無可奈何。據說過了三十歲，肌肉量將以每年0.5％－2％的速度消失。大伯大叔們只是在肌群奮進中，抵禦著無可避免的天天衰退。

十年過去，終究刪除所有的影像。我沒有變成郭富城或是彭于晏，也沒有一個愛我的女朋友或男朋友。原來愛與不愛不干這個色身肉體什麼底事，大凡立基於生物必然性的衝動者，就必然有力不從心的時候。

北健倒閉的事情，那其實是網路新聞的誤傳。經營權上廓清順便整理整理場地罷了，只是忽然的三級警戒，給了這樣的調整巧妙的保護色。辦理退費的時候看過暫停而空寂健身房，依舊點著明亮的白燈。在一個地方待久了，不說話也是熟悉的。各式器材即使沒人使用依舊有種回魂的躁動，十年如一日的早晨看著那些叔叔伯伯無論什麼年紀，如今一概反而老成了大哥。衰老顯然不是一種簡單的年紀或數學問題；好比設計再精密的交友軟體，也不可能按照資料核對就能縝密地天造地設，找到彼此契合的身心伴侶。臥推與硬舉，等到北健重啟，他們想必會持續奮進，我們也持續刺激更多的雄性內分泌。

啥物時陣欲娶某？

話題空白的時候，阿嬤望著天花板有著很空很空的眼神。

本來以為衰老是一種拋擲，成長的動能早已鬱積了勢不可回的下墜。如今在病榻前才明白，真正的衰朽是一點希望都沒有。十年前剛進健身房，剛好是阿嬤中風倒下的時候。那時我還很常回家，跟著弟弟打理阿嬤的起居，陪著她一步一步在公園裡蹣跚歪斜地復健。

天天鍛鍊的時候，我以為阿嬤總有一天還能夠站起來。我也以為自己的身材能夠精實強健。那時我想像不到阿嬤很老很老的模樣，話題還沒有不存在的女朋友。日子只是如常，我還在盼望，我們都還沒有天天衰退。

——發表於《金門日報・副刊》，二〇二二年五月二十八、二十九日。

阿公講我無實

阿爸，你欲信耶穌無？阿公點點頭。

奉主耶穌的名禱告，阿門。

阿公只能點點頭。

*

爸爸不在了，我常常想起爸爸；他們都安慰我，只要心裡常常想念著一個人，那個人就不算真正的離去。可是，阿公也不在了，我卻常常不知道該怎麼想念他。

辦完阿公的告別式後，好不容易回到了日常的生活軌道，大概過了兩三個月，我才猛然想起要問：媽，阿公的骨灰呢？「阿叔處理了啊，就丟到海裡了啊。」丟？好像只是棄置了一件故障的家電那樣的輕省，我知道媽媽說的是海葬，大概我們的語言還不習慣支援這樣新潮的儀式。怎麼都沒有跟我們說一聲？「就是說啊。」這是阿叔的決定，一切從簡從便。

也對，家裡連辦了兩場喪事，爸爸在年中，阿公在年尾。這對於我們家來說，經濟上情感上都是沉重的負荷，於是阿叔作主，阿公不是基督徒嗎？那我們用基督教的儀式吧。

我不知道弟弟的說詞有沒有一點戲劇化的浮誇，在一個撵香拜拜的家族內，阿公變成基督徒的故事聽起來總帶有點詼諧。那天改信基督教的阿姑帶著牧師與弟兄姊妹來，圍繞在床前，臥床十九年後的阿公竟然又腦中風，幾乎只能夠靠著點頭來表達一點微弱的意志，彷彿清醒的靈魂卻被困在一具失能衰朽的軀體中。

阿爸，你欲信耶穌無？阿公點點頭。阿姑感動得紅了眼眶：阿爸，你這馬是耶穌的子民啊！奉主耶穌的名禱告，阿門。阿公只能點點頭。

起初，我也覺得追思會不同於傳統的喪儀，感覺特別的溫馨與雅致。卻沒想到，因為我們都不懂得儀式的流程，也沒有任何預演（這還能預演嗎？），忽然奏樂唱起了聖歌，我與弟弟拿著歌譜張著嘴，伊伊啊啊攀爬著音階的高低，還要顧及口勢開闔發聲，手指頭互相指引到底現在是唱到哪了？後方的背景聲響太過熱鬧喧騰，往來弔唁的親友團，大多是阿公那一輩多年不見的遠房親戚。久別重逢的寒暄，與前方牧師一本正經的佈道形成了強烈反差。全場望去，只有阿姑哭得最傷心，我始終處於慌亂之中，來不及明白該怎麼追思。

我完全能夠理解阿姑的悲傷，她的父親過世了，這我懂。但是我的阿公過世了，我自己的悲傷，卻感覺虛虛的不著力，這讓我想起了阿公常常說的一句話：無實。

*

阿公不是軍人，可是從小對他的印象就是有一股威嚴。在後來求學的過程中，不知哪澆鑄來的印象——受過日本教育的那一代，為人處世往往嚴謹。我當然沒有辦法區分這樣的說法是否合理，但每每有老師這樣提，便把自己的阿公套在這刻板的輪廓中，跟著猛點頭。

阿公對我們的生活要求雖然也不是軍事管理，但日常生活的服裝儀容與生活習慣，他看不順眼的絕對會出言糾正。如果整天都窩在家裡打電動，阿公就會罵，整天關在家裡像個女孩也不知道出門走走。如果那陣子太常出門，又會說我們像是沒有家一樣整天在外面野。就連我偶然有一次在餐桌上說，自己很喜歡吃白稀飯攪肉鬆，阿公聽了一臉不悅地說：假甲遮散赤。阿嬤跟媽媽有幾年很喜歡看老三台的八點檔，我陪著她們看著也是一把鼻涕一把眼淚，阿公倒是不以為然地批評，整天就演一些惡婆婆跟軟爛的媳婦，哪有好人一直被欺負都不會反抗的？他畢竟不是那種歇斯底里囉嗦的大人，偶爾訓斥很像是突然破空而來的悶雷或是一陣不太劇烈的地動，並不太嚇人。這或許是威嚴的阿公參與婆婆媽媽生活的一種方式。

阿公不喜歡婆婆媽媽，尤其不喜歡我的婆婆媽媽。

在很小很小的時候，我是個性活潑又浮誇的孩子，一張嘴整天呱呱呱，青春期離我還是太科幻的詞彙，童稚尖嫩的嗓音，常常激動躍越。我是沒有能力想太多的，每一個小日子就是笑就是哭就是這樣的野鬧。我卻可以從大人的譏諷怒罵或是嘲笑中知道一些越軌的事情，他們說我太不像個男生了，這是「查某體」。不只一次，可能是我與哥哥泡在浴室打水仗，可能與弟弟在進行角色扮演，忽然阿公一陣威嚇：破格！然後便把我趕出了家門。

我總是扁著嘴含著淚水在家門外逗留。

那會生尬這款？真正是無才。

媽媽出來尷尬地說，要我安靜一點，阿公受不了我的聒噪。

＊

約莫國小六年級的時候，阿公從台鐵剪票員的職位上退了下來，不多久便因為脊椎的骨刺壓迫到神經，導致下半身癱瘓無法行走。我還記得當時有一位公園裡一起打球的朋友當著大家的面跟我說，像你阿公那樣唷，大概也活不過三個月啦。為了這說詞，素來溫和的我氣得臉紅脖子粗，卻又一直語塞不知該怎麼反駁。

不只三個月，阿公在床上躺了將近二十年。由於不良於行，吃飯、洗澡、大小便等，諸事都必須有人打理，在這漫長的歲月中，照顧的責任幾乎落在了家人身上，阿嬤、爸爸、媽媽、弟弟、哥哥、阿叔，卻幾乎沒有我。

因為阿公不想讓我碰。

好幾次阿公不小心跌坐在地上，看護沒有力氣抱他起身，我急忙著要過去，阿公卻一定要大哥或弟弟去幫忙，因為他說我還沒有做過兵，氣力無實。

母語失落嚴重的我，不太確定是怎麼樣的一個詞，好長一段時間在我腦中的翻譯就直接當成阿公常常罵我的「無才」。後來我明白了，他以為我不懂得怎麼施力，是「無實」（bô-tsat），不是「無才」（bô-tsâi）。只是這成見到底從何而來呢？弟弟也還沒有當過兵啊？真是困惑極了。有次他又跌倒，明明我在跟前，卻又要我去找哥哥或弟弟來，一陣惱怒，便逕自把他從地上抱到了床上。就在我架住阿公的身軀環抱著他時，他渾身繃成一根憤怒的驚嘆號，讓我真正體會，原來疏離並不是一個抽象的詞彙，那是一種來自於身體最直接本能的棄嫌。

阿公佮我，註定無法度相倚。

慢慢地我離家愈來愈遠，離阿公的生活也愈來愈遠。直到退伍後賃居在外，跟家裡的人聚少離多。那年團圓飯上阿姑阿叔阿伯都回來了，為了熱絡場子，阿姑見著阿公便扯開嗓子猛誇我，你這孫仔敖讀冊，讀甲博士博⋯⋯。感覺話都還沒扯完，阿公當著大家的面卻說：這咧沒效啦，敖讀冊的人攏無情，抹留爸母身邊。

我已經不再如兒時的聒噪活潑，而是愈來愈沉靜，我從阿公的生活中逃逸了出去，充滿了僥倖，也充滿遺憾。

不過，阿公敢攏袂感覺我正敧？

袂，阿公只感覺我是無才閣無效。

*

其實我也曾經跟阿公很親近的。

那是我國小五年級的時候，有一天爸媽不知為何把我叫到了房間，只告訴我從明天開始，你去跟阿公一起睡。為什麼？去陪阿公啊！但是為什麼？爸爸扳起臉孔，叫你去就去，什麼為什麼。那時我也還在想，為何不是讓弟弟去跟阿公睡呢，阿公明明就超級疼他的啊。又為何不是讓哥哥去呢，這樣我就可以獨佔一間房了。於是大約有一年的時間，我跟阿公睡在同一個房間裡，每天早睡早起，我也開始慢慢地把自己的書包、文具慢慢地移到了阿公的房間。阿公看到我每次總是從電視後面拿出一罐雀巢三合一咖啡的玻璃瓶，看到裡面滿滿的我幫忙撿寶特瓶賺來的零用錢，就猛誇我節省。阿公還說，他不會跟別人說我把錢藏在那裡，要我放心。那時阿公成了我的靠山，我好像得到了一個獨門的盟約，關於阿公與我的。

那段時間我特別感覺到阿公偏疼我，然而那段光陰像是編年史中一枚殘損模糊的竹簡，沒有過去也沒有發展，我只記得後來沒有多久，阿公就病倒了。

*

最後一次跟阿公說話，是在他過世兩天前。

那時我們都還沒有從爸爸過世的悲傷中整理好情緒，阿嬤中風之後，跟阿公各自用一個房間，家裡請了兩位看護幫忙照應。那一晚，我恰好回家，我進到阿嬤的房間，又進到媽媽的房間，各自陪他們說話。就在這樣日常的談聊之中，似乎感覺到自己情感的負荷已到達極限，正要離開回租屋處時，經過了阿公長年不熄燈的房外。阿公……阿公已經很老了，老得很沒有存在感。除了三餐之外，已經很久沒有家人會特別打開房門，看看他過得怎樣。

每每問起阿公的狀況，無論是媽媽或阿叔，最終都只是嘆息：人老了，就是這樣。這或許就是生命無可奈何的殘酷，我們總是在不輕不重的感嘆中敗下陣來，不知道到底還能做什麼。也許在如此漫長歲月裡，老病傷殘的拖磨，竟也使我不自覺地把他當成了病人，而不是家人。可是那晚，我卻一反常態輕輕地拉開了日式格局的房門，看著看護小心翼翼地餵著躺在床上的阿公一小口一小口地吃著蛋糕。

阿公，我是誰，你甘知影？阿公點點頭。

斜坐在床邊，靜靜地看著他，雞卵糕好食無？要飲水無？我用著開朗撒嬌的口氣問問他，但不管跟他說什麼，他都只能點點頭。我撫觸著他光溜溜的頭，像是愛撫著自己的孩子，充滿愛憐地看著他，鼓起勇氣，我輕輕握著他的手——

記得小二時因吵嚷著要一台腳踏車，擔任清潔隊員的爸爸不知哪來的運氣便撿回了兩台被人丟棄的，黃的給哥哥，紅的給我。撿回來的車子椅墊太高，我根本踩不到踏板，阿公便幫我把椅墊調到了最低，要我再試試。他一手握著我的手，幫我扶著龍頭，我騎顫顫晃晃地在家裡倉庫凹凸不平的地面上，聽阿公問我：按呢甘會使？我膽怯地說了句：會驚。不料卻惹怒了阿公，甩開了我：生這個無效啦，真正無才！

早知道就不要這樣說了，我只是在撒嬌而已啊。

我還以為，阿公會跟我說：免驚，沓沓仔騎。

——想來我們祖孫的關係的變化，都來自於每一個不起眼的接觸與互動的制約反應，所以我只有在他沒有辦法清楚表達自己的意志時，才敢這麼接近他。也直到握緊了阿公的手，才有那麼一點點疑惑與猜想——那一晚的年夜飯上，那個扳起面孔、當眾譏諷我無情無才的阿公，有沒有可能，其實並不是真的討厭我，會不會是有話不知道怎麼表達？

阿公他……會不會也只是在撒嬌？會不會是這個病弱的身軀，曾經勉力想參與孫子的生活的方式之一？

即使我成了一個高大健壯的男人，面對病弱的阿公，卻依然是如此的謹慎而膽怯，只能握撫著他的手掌，想著曾經讀過關於觸碰帶來的情感傳遞……，他能感受到嗎？回到當時，倘若我能知道他兩天後就會離開，倘若我能知道他的後事竟然會是一連串陌生又混亂的儀式，像他說的那樣無實而虛弱，乃至往後十年我總覺得空缺了什麼。那麼，我當時會不會更有勇氣，把他當成想要撒嬌、需要疼惜的孩子，撫觸著他光禿滿是皺褶的面龐，說出我最毋甘的疼惜，與他好好告別？

*

阿公，你免驚，你沓沓仔行。

——完稿於二〇二一年夏

媽媽的手作娃娃

小時候最喜歡放寒暑假，每次放假前都會領到一本厚厚的作業。往往，我會趁月考結束還有一週空檔的時間，拚命地寫。同學們彼此也會較勁，看誰寫得又多又快。只是媽媽卻總阻止我一股熱情把作業寫完，她最怕我整個寒暑假沒事做，一直窩在家打電動。

其實，我也沒有一次真正把寒暑假作業全寫完。三分鐘熱度不提也就罷了，作業裡頭往往有些手工藝的勞作或必須出遠門的遊記。爸媽都忙，也很少帶我們出門。至於勞作，真的是我眼拙手笨，每每完成的作品都醜陋異常，非常沒有成就感。

然而我曾因為一次的勞作而得獎，甚至去展覽。

那是國小二年級的寒假，我大約也是玩得昏天暗地了。直到返校日的前一天，我才拿著作業求助媽媽。作業是要廢物再利用，我什麼也不懂，只緊張地想到如果沒交作業一定會被老師罰。小時候那種驚恐的心情至今我都還能想像一二。

我覺得那好像是一個無事的週日午後，媽媽領著我進她房間。她拿了一條白毛巾，捲成長筒狀。又俐落地從不要的舊衣中裁下了一塊桃紅色的布。最讓我感到神奇的是，媽媽拿了鬆緊帶，將之縫入布緣。那時我還小，我知道運動褲上有鬆緊帶，但親眼看到媽媽手作小小的心中只有「哇——」的一聲感嘆，真的覺得媽媽好厲害呀。

桃紅色的布縫了一圈鬆緊帶後，就成了裙子，套在捲曲的毛巾上。毛巾的另一端，媽媽順手從梳妝台拿起一個套在髮髻用的髮網，以此套在毛巾上就成了帽子。然後畫上眉鼻嘴眼，就很快地完成了一個簡單的布偶。

我帶著布偶到學校交差，也不覺得有何特別。老師一一看著大家的製作，輪到我時，老師卻是十分讚嘆，大概覺得這娃娃做得不費工，倒也可愛。當時，我還那麼小，對我而言這布偶娃娃就是個布偶娃娃，拿著她扮演各種角色，飛天遁地，還不時玩起掀裙子的遊戲。和其他小朋友玩得高興，偶爾也會想到：「這算娃娃嗎？可是她沒有手耶？」

接著某一天，老師說某些同學的勞作要參加展覽和比賽，便把我的娃娃收走了。學期當中，老師帶我們去展覽的教室參觀，那裡有各個年級廢物利用的勞作。但我和同學一進展覽場，就又立刻找到媽媽的手作娃娃，一陣鬧哄哄地玩了起來。

時序又到了暑假前，月考結束老師結算成績的時間，是我們最歡樂放肆的同樂會。結業式朝會頒獎典禮上，我聽見司儀讀到「二年二班陳伯軒」。那是明朗豔麗的夏日，一九九一年，我手揮動著生平第一張獎狀，遠遠還沒到家的時候，就對著中午正在麵攤忙碌的媽媽大喊：「媽媽，我得獎了！我得全校第一名了！」

合不攏嘴，媽媽笑得開懷，還對著我嘲笑，「這獎狀應該是要頒給我的吧。」我很不好意思地笑笑，打開厚厚的暑假作業，在麵攤生意忙碌的時候，窩在一旁，有點假仙地寫起作業來了。我心裡很明白：是媽媽得獎了，媽媽得了第一名。

——發表於《人間福報．副刊》，二〇一四年四月二日。

火車已經過車站

很久沒有聽見媽媽唸歌了。

家裡第一個唸歌的應該是阿公，小時候家裡客廳擺了一台伴唱機，那個時候的阿公年輕，常常梳著規規矩矩的油頭，搭配西裝長褲，就算是在家裡穿著內衣，衣服的下襬一定老老實實地紮進去。阿公並不是很多故事當中那種和藹慈祥的人，他看起來就有一股威嚴，不過阿公很愛家，喝酒也在家，唱歌也在家，他有時候拿起麥克風給我，我會興奮地「喂——」聽著伴唱機的回聲四處迴繞，有趣極了，但阿公很討厭我吵鬧，說這樣很「破格」，然後他就又繼續咿咿哼哼唱起我聽不懂的日本歌。

媽媽就不一樣了，房間有一台錄影帶播放機。二十年前，還沒有那麼流行VCD或DVD，巷口就有一家影視出租店，常常爸爸會租一些影帶回來看。但媽媽不看影帶，她看花系列連續劇。據說，當年我早產的時候，媽媽給我取的名字，就是電視連續劇的男主角。入戲到這樣的程度，這點我倒是「徵到她」。大概國小二年級的時候吧，媽媽總在麵攤收完後，回到房間裡看九點檔，那時我總是陪著她一起看，坐在床上，她總要我坐後面一點，怕近視，她卻是挨著電視瞧。電視上在演些什麼我並不是很清晰，只是嘰嘰呱呱問這問那，有時候媽被問煩了，就會回過頭瞪我，然後跟阿公一樣罵：「破格」。

好像有點模糊，當時陪著看了這麼多的「太陽雨」（還是「太陽花」？）的連續劇，卻像是磁軌損壞的影帶滿佈線條、跳躍不清。但我卻清楚看到了演員王淑娟坐著輪椅上（那是我第一次看到電動輪椅，有一個搖桿可前進後退，讓當時的我感到很先進），在醫院陰暗的走道上不小心跌跤翻覆了。我覺得畫面有點朦朧，不知道為什麼她會坐輪椅、會摔倒……，「怎麼了？」媽媽忽然喊了我一聲，「怎麼哭了？」原來我哭了，「是不是覺得她很可憐？」我也不知道為什麼哭，我也不知道她可不可憐，但是我輕輕點點頭，媽媽笑了。

隔天放學回家，中午時間麵攤的客人多得很，我看媽媽喜孜孜地到處在跟客人炫耀，平常看電視他都很吵，昨天我看看就想說怎麼這麼安靜，結果我這個兒子竟然在哭喑。麵攤裡一位大嬸一把我抱住，我被悶在大嬸的胸脯，聽她開心地說：唉唷，這是個心軟的囝仔，是心軟的囝仔。

我很難為情。

偶爾週末收攤完，媽媽會帶我去逛景美夜市。媽總是節省，除了吃點小吃，不常買東西。直到後來有一次她才向我吐露，開麵攤很累啊，可是每次來景美夜市看這裡這麼熱鬧，就覺得很有動力繼續做下去。我們當時走到了一個伴唱帶的攤販前，難得媽媽停下來，她隨意瞄了幾眼，立即拿了一卷伴唱帶結帳。很難得看到媽媽買東西這麼篤定明快，她一定很喜歡。

結果伴唱帶竟然不能看，試了好幾次，推進去又退出來，雖然當時年紀小，我可以感覺到媽媽的失望。因為我也常常跟她吵著要買任天堂的卡帶，有時候回到家放上去玩，不好玩、不會玩，失望的時候還會忍不住鬧脾氣。

隔天媽媽又立刻帶我回到原來的攤販前，要求換一卷新的，依舊只有聲音沒有畫面。媽媽鼓著腮幫子後嘆了一口氣，我開始覺得心裡有股重重的感覺。會不會是機器太老舊了？於是我就這裡按一按、那裡敲一敲，沒想到畫面就突然跳了出來，在湛藍的天空底下一列長長的火車即將駛入月台。我看見螢幕上彈出字幕「車站　演唱：張秀卿」——

火車已經到車站，
阮的心頭漸漸重，
看人歡喜來接親人，
阮是傷心來相送。

那個時候的我根本沒有搭過火車，我對火車的印象只停留在卡通裡面噗噗噗還冒著煙的那種。我知道阿公是在台鐵當剪票員，更模糊的印象中阿嬤有帶我去車站看過他在閘口剪票。車站實在太大，我的眼睛根本裝不下，我能記住的只有媽媽非常開心在房間裡投入地唸歌的模樣，她一定很喜歡這首歌。

可是媽媽後來為什麼不再唸歌了，又是何時不再看九點檔了呢？我的記憶中，竟沒有一點線索。

阿公從台鐵退休時，得到了一個小小的紀念獎座，上面也有一輛從遠方駛來的火車。同一年他因為骨刺壓迫神經而癱瘓，接下來近二十年幾乎就在床上躺著，生活難以自理，三餐都得仰賴媽媽的照顧。在阿公過世的半年前，爸爸也因病在睡夢中離開。媽媽房間的床鋪只剩下一半，反側輾轉，都顯太難。

麵攤還開著，那些會把我一把抱進懷裡的客人老的老去的去，媽媽也很少去夜市了，開麵攤很累啊，每天收攤後只是累了躺了睡了。

送走爸爸，送走阿公，這一切的相送都太急又太快，像極了火車飛快的駛離，再要回頭時，窗外的記憶被拉扯成伴唱帶壞軌後的曲折的色條，兀自扭動。只是那跳動中，彷彿有位心軟的孩子，伸出稚嫩的手指敲敲按按，想為媽媽喜歡的事物，留下一個比較清晰的風景，然後就能聽見媽媽深情款款地唸唱——

火車已經過車站，
阮的目睭已經紅，
車窗內心愛的人，
只有期待夜夜夢……

——發表於《人間福報・副刊》，二〇一七年十二月十八日。

媽媽在寫字

媽媽的字真是漂亮。

她說過，雖然沒有讀過什麼書，但麵攤的客人常問她是不是大學畢業？說是她的字像大學生。這種讚美，對於媽媽，或是她那一代的人而言，是懷抱著對大學的崇高想像吧？媽媽沒有讀過大學，連中學都沒有。小時候聽過媽媽不經意講述的故事，小時候讀萬里的大鵬國小，總拎著一雙布鞋赤腳走到了門口，才捨得把布鞋穿上。類似如此清貧的故事，我在不同的長輩那聽過，在一些老師那聽過，但實際上那時候的小學生活是如何的，實在很難想像。比不上我對自己小學生活記得那樣清醒明白。

我第一次聽到別人讚美媽媽的字漂亮，就是在國小一年級時。那時我讀興德國小，開學沒有多久，老師要同學回家問父母家裡的電話與地址。儘管爸媽很早就要求我們兄弟要背熟，但才小學一年級，我會寫的國字根本不多，當晚媽媽順手由我的聯絡簿封面書套夾層內，抽了一張紙就迤邐寫下了一行字，然後簽完聯絡簿，快快地趕我去睡覺。這下我可苦惱了，因為這張紙的正面是我辛苦抄寫下的課表，如果把這張紙交給老師的話，我就沒有課表了啊。小小腦袋瓜靈機一動，我乾脆把地址照抄在另一張紙上好了。

鉛炭在紙上粗枝大葉地劃開，我對照著自己家裡的地址，在紙上畫下纏綿迴旋的流線。隔天下課時間，導師在辦公桌邊忽然喊我，沒好氣地問：「你交給我的這是在寫什麼啊？」一年級的導師王惠慈老師很具威嚴，被她一問，我怯怯懦懦走到了一旁，吞吐地解釋：

「我問媽媽，媽媽寫的啊！」趕快把事情推給媽媽。

「是媽媽寫的？還是媽媽唸出來然後你寫的？」老師加大了音量追問了起來。我完全不知道哪裡出錯了，但只好趕快照實說：「是媽媽寫的……媽媽寫的，然後我照著寫一遍。」

在老師的要求下，我把聯絡簿上原本的真跡翻出來給老師，老師瞅了一眼，嚴肅的表情忽然鬆動了一瞬，彷彿微微笑了又頓了一頓，只是冷靜地說：媽媽的字好漂亮啊。

我也不確定是何時回想此事才明白老師的笑意，原來我沒學過幾個國字，要抄寫行雲流水的一串地址，一概把所有的虛筆連畫通通老老實實地拓印了下來，那些轉折勾捺到了我的手上，通通張牙舞爪又打了死結，如今想起覺得自己可笑又可愛，難怪老師讀不懂。

*

媽媽雖然沒有讀過什麼書，但她的國語文程度不錯。至少我是這樣認為的。爸爸也總是說，自己的數學比較好，媽媽的國語比較好。我心裡還想著，一人好一樣，很公平。國小時候我最害怕作文，覺得沒有什麼可以寫，也有好多字都不會。每當遇到不會寫的生字，我便打開紗門走到對面的媽媽房間，拉開另一扇紗門苦惱地問：「ㄨㄤ記的ㄨㄤ是什麼部首？」「『跋倒』的國語要怎麼寫？」桌上的字典好大，但我的世界還好小。所以相對望的房門，就一直傳來紗門「嘰──拐──碰」、「嘰──拐──碰」的聲響。那時家裡的麵攤還能偶爾交給阿嬤看顧，讓媽媽午睡一會兒，只是碰著我在作文的日子，媽媽的夢裡都是我翻查字典的餘音。

大多數的時候媽媽都在忙著麵攤的生意，也只有空檔沒人時，我賴在店裡寫作業才能問媽媽問題。她常常利用看電視的機會、跟客人聊天的機會，或是其他我不知道的方式學到很多成語或俗諺、流行語。不過拿來罵我們的大概就那幾句：「牛牽到北京還是牛」、「傀儡尪仔——有催才有振動」。我看到附近的補習班招生文宣說：「報名送捷安特變速腳踏車」便吵著要去補習，只聽媽媽嘲笑：「羊毛出在羊身上。」蛤？直到我放棄說服走出房門，我都不明白腳踏車跟羊有什麼關係。

特別記得國小三年級的寒假吧，那天下午外頭下著雨，麵攤一個客人都沒有。我伏在大圓餐桌上寫著寒假作業，媽媽大概是在旁邊包餛飩、準備食材之類的。我在自然科作業裡看到了兩個馬蹄形磁鐵，分別在兩極上標示了①②③④，詢問哪兩個部分會互相「排斥」？

「媽媽，什麼叫做『排斥』？」我認真想了想，好像沒有學過這個詞。

媽媽頭也不轉地繼續忙著自己的事情說：「我不喜歡你就是排斥你啊。」

我一聽就覺得媽媽又在跟我開玩笑，這跟磁鐵一點關係也沒有啊。媽媽老愛開我玩笑，一下子說我聒噪像鴨子，一下子又說我不乖要把我丟掉，現在怎麼又說不喜歡我了呢？

「唉唷，不要開玩笑，到底什麼叫做『排斥』？」我一邊被媽媽的玩笑逗樂，一邊又很認真地問。這下換媽媽愣住了：「真的啊，我不喜歡你，」媽媽作勢推了我一下：「我這樣就是在排斥你啊。」「唉唷，媽媽……」我們這樣一往一返，媽媽看著我快要生氣的樣子笑得很開心，我就更覺得她是故意說討厭我，所以才不告訴我「排斥」是什麼意思……。

最威風的一次，是國二時。暑期輔導只上了半天，下午我和班上兩位同學要去打籃球，一邊經過麵攤，看見媽媽一個人坐在門口的椅子上。媽媽一見到我就說：「我不是叫你去郵局辦事嗎？」我一貫耍賴的的語氣：「唉唷，明天啦。」沒想到媽媽神色從容地唸道：「明日復明日，明日何其多？」「哇靠！」兩位同學驚訝地忍不住叫了出來，素日我在班上國文就很突出，他們老是幫我貼上咬文嚼字的標籤，他們大概沒有想到班上國文小老師的媽媽原來也是出口成章啊。其實，訝異的不只是他們，我也萬萬沒有想到媽媽會唸出這句詩，〈明日歌〉我們也是課堂上老師補充才知道，默書的時候我還背不全，結果給罰抄了。沒想到媽媽竟然順口就讀了出來，讓我在同學面前，不假，挺神氣的。

*

是啊，神氣。我很有面子，媽媽也是吧。相對地，我從小就不喜歡也不捨得看到媽出糗或是手足無措的情況。為什麼呢？我也說不太明白，以前我還以為這是因為我不願意一個全能的母親形象被破壞。但年歲漸長有些閱歷後，彷彿更能解讀尷尬的容顏下的自我否定。其實我是捨不得看到媽媽因為覺得自己沒有讀過什麼書，不會這個，不會那個，而感到自己不夠好、感到自慚。

我們上了國中之後，媽媽大概特別覺得她教不了孩子了，而且還不只是課業上而已。

有一陣子我在打掃媽媽房間時，發現床頭邊放了幾本書。大概都是《有效的親子溝通》、《改變孩子的壞習慣》之類親職相關的書籍。那時，哥哥時常在外打架廝混、夜遊不歸，爸爸把一切責任歸咎於媽媽沒有教好孩子，因此晚上都不讓她睡覺，必得等到哥哥回家媽媽才能就寢。日常媽媽也常跟我抱怨：又跑去學校跟導師晤談、又跑去受傷同學的家裡跟對方父母道歉。我成為媽媽的傾聽者，感受到她的氣憤與擔心，更不捨的是，我很能感受到她的無力與自責。

所以當我想到媽媽必須在麵攤做十二小時的生意，然後趁收攤後的空檔到附近的再興書局，在卷帙浩繁的架上，去挑選那幾本她未必能夠真的讀得懂的親職叢書，我便替她感到委屈，她到底為什麼需要讀這些書？是不是別人又批評她養兒不教？是不是她又得在別人面前卑躬屈膝地說自己憨慢讀冊？生活中的叛逆像是脫韁的野馬正囂張地奔馳，卻不見在後方追逐的媽媽踉蹌跌倒，明明追不到還得苦苦匍匐前進。媽媽能利用什麼精神什麼體力來讀這些書呢？她是怎樣度過了許多等門遲眠的夜晚？

等啊等，等著我們兄弟一個一個長大，等著她自己一年一年的老去。

＊

今年除夕前，媽要我幫忙寫下來辦年菜的一些食材：土雞（公）、甘蔗雞×5，她確認之後嘀咕了句：你書讀這麼高，字也不寫好看一點？我說手機用多了，字久沒寫就醜了。媽媽忽然又說，喔，那是你們少年人的東西，我老了，連字都想不起來要怎麼寫了。

智慧型手機媽不太會用，哥哥與弟弟說要教她，她都不肯。我大概可以體會她那種慌張的情緒。就算沒有了手機，媽媽還是有自己的休閒。她喜歡看韓劇，老是說台灣連續劇播了半天也不知道在演什麼，韓劇就不一樣了，就算從中間開始看下去，也很快就跟上劇情了。媽媽也出門，我特意留下了某次她寫在日曆紙背面的字條，告訴我她跟著店裡的顧客去進香旅遊了，真的是很久沒有看見媽媽的字了，依然很好看。

閒來我跟媽媽也會坐在麵店內閒話家常，一起抱怨這個抱怨那個，或是大說哥哥弟弟的壞話，取笑逗樂一番。媽媽也常唸叨，說我滿屋子的書怎麼不拿去秤一秤賣給收破爛的，又說我讀那麼多書到底有什麼用？每當我們鬥起嘴來，我便想起那個陰雨纏綿的午後，我才八歲——

唉唷，到底什麼叫做「排斥」嘛？

媽媽笑盈盈地把生氣的我攬入懷中：「如果我不喜歡你，我就會排斥你啊！」

一陣黏膩的油漬味混著媽媽身上的味道，從圍裙散發出來，那讓人感到十分舒心。我圈住媽媽的腰際，使性子地說：那我也不要喜歡媽媽了。

——發表於《金門日報・副刊》，二〇一九年八月二十日。

修馬桶實戰手冊

哪來了流水聲哪？嗯……，好像是馬桶水箱漏水了嗎？

搬開了水箱上沉重的蓋子，總有一種運送碑石的慎重感，這一看不得了，倒不是發現什麼文物，而是那顆浮球逕自漂浮在水箱，接觸點從浮臂上斷裂脫離了。不知道大家有仔細看過馬桶的構造嗎？我以為不過如此，其實倒是看了一會兒——每次按下沖水手柄，牽動啟動桿，順勢拉扯了鋼繩，導向裝置會將球塞抽離沖水閥座，水箱的水順勢進入馬桶之後，透過虹吸作用清潔了排泄物。此刻浮臂下垂，從而抬高了浮球閥的閥柱塞，桶缸注管重新注水，直到浮臂被浮球給抬起，閥柱塞閉合，停止注水，於是水箱的水又滿了。

這大概就是哲學家提出的「深度認知假象」吧？史蒂芬・斯洛曼（Steven Sloman）和菲力浦・芬恩巴赫（Philip Fernbach）曾做過一個實驗，發覺其實絕大多數的人都以為自己對於日常生活的許多事情瞭若指掌，可是一旦要深度說明背後的原理原則時，對於自我認知的評價程度會大大下降。就像是馬桶的構造、像浮球的體積或表面積、像是運作的原理……。更別說要還綜合各種條件而在操作中修好一個壞掉的水箱浮球。

從來沒有想過馬桶的結構設計這樣緊密相扣，看起來不複雜，但是要我說出他們驅動結構，以及每一個部件的名稱，著實不易。直到今天，浮水球斷離了浮臂，使得水箱持續注水，不斷地往溢水管流洩，大概還流了好一陣子才注意到這個「波波」啊——室友是香港人，每次看到浮水球都說波波，怎麼會給這麼一個逗趣的名字呢？那時為了要跟他鬥嘴，我搬出了國語語音學的招式，波（ㄅ），不送氣的雙唇清塞音。接下來朗誦百多字的定性描寫，把氣流從肺部出來經過氣管到了喉頭，乃至於我們的口腔如何成阻持阻最終產生爆破音。可惜週日的白天，室友不在，只有我一個人對著波波反覆爆破。

那我現在怎麼辦？我還是先關掉進水閥吧。

在生活科技還叫做工藝課的世代裡，我們的老師總是警告我們別只會讀書，以免將來基本的水電壞了還要找師傅，錢都給人賺走了。這也是爸爸常常對我們這種乖學生的嘲笑，連個水都不會關——高三某一晚深夜想泡個熱水澡，沒想到擰開了那個久沒人用的浴缸熱水後，龍頭整個給扭掉了，熱水直灌，我一個人傻在了浴室。最後驚醒了沉睡的老爸，不耐煩地隨手拿了個水泥刀在後廚的進水閥中隨手一關，水就止住了。

不怪我不知，我對於一切技術勞作的活，真是有點恐懼。小時隔壁阿銘叔叔家裡是傳統的三合院，後院有個不正規的籃球場，是周邊孩子們的報隊鬥牛的戰場。那個時候的我只會看看，看著大夥在場上的飛躍的奔跑，在午後的烈陽下。反正我又熱又無聊，到一旁洗了個手，忽然看到水管上有一個止水閥，之前看到黑狗叔公轉開之後，屋頂的花灑立刻啟動，那可真是個涼爽。只是怎麼我一扭，當場沿著壁樑而上的水管頓時爆破斷裂，超猛水柱到處噴濺，別說我嚇傻，連球場上的大夥都驚惶。屋裡來了人見狀立刻把我們掃了出去，一陣心虛，至今還不知道是怎麼回事。

那遮憨慢去，讀那麼多書要幹嘛？

其實爸爸，卻是心疼我讀書的。

他面子上說，爸爸不逼你們，能讀就讀。只是在我國中二年級的那個暑假，大哥因為不愛讀書，被爸爸抓去工地出勤，才第一天而已，哥哥的眼睛整個腫得睜不開，卻又痛得無法入眠。爸跟我說，你注意一點，明年就換你了，如果不想讀書，就要吃點苦，才能養活自己。

可是我從來沒有被他抓去工地勞作，不知道這算不算是爸爸對我的一點偏心？我過於循規蹈矩，一路沿著升學的管道上湧，成為了家族裡第一個讀到博士班的人。其實爸爸哪知道博士是要幹嘛呢？之前就常常探頭看著我滿牆壁的藏書，在量販店買來的拼裝三層櫃都已經歪損凹裂，阿不拿去秤秤欸賣一賣？我爸是清潔隊員，他說，這些秤一秤可能還值幾個錢。

現在想起來，我少數跟著爸爸一起勞動的，就是小時候固定會收拾爸爸撿回來的寶特瓶，那個年代，一個寶特瓶可以換兩元。大概是哥哥懶，弟弟又太小，這福利就輪到了我身上。那些撿拾回來的各類汽水瓶、醬油瓶，當然都沒有洗，各種味道糝雜蒼蠅蚊蟲亂飛，我總是趿拉著鞋，黏呼呼地在門口一個一個算數。同學住得近，往來看到我總是在撿垃圾，總是嘻弄嘲笑，我卻不知道哪來早熟的勇氣，瞥了他們一眼：不識貨。

爸說，不可以嫌垃圾臭，所有的垃圾都是人製造出來的。他雖然沒讀過什麼書，輕易就說了句最有哲理的話。偶爾他會開著那台發財車，問我要不要去撿垃圾？好啊，然後我們就一路開到了山城裡的有錢人社區，繞了兩三圈，把一些可以換錢的廢棄物，秤秤欸賣一賣，我還順便撿回了一個沒人要的呼拉圈。

爸爸問我，賣了這幾百塊要幹什麼？我說以後長大可以看電影。他笑得挺樂的，露出滿嘴血紅的牙垢：憨囝仔，錢要儉起來讀大學啦。

讀大學有什麼用嗎？我讀到博士還不是不會修馬桶？

本來，我第一時間以為用快乾膠可以把波波黏回去，後來發現那對聚乙烯材質沒有什麼效果。看來應該是要用強力膠吧？我重新將水調整到滿水位，也就是浮球與浮臂會重新呈水平的狀態。當我投入並對齊的波波扁球面與浮臂接觸的那一個點時，竟分神地想著曾經是不是以前學過的橢圓球表面積公式，突然一陣反彈波波整個跳了出來……

哦，對啦，水有浮力。

別笑，我當然知道水有浮力，B＝V×D，基本的物理常識我怎麼可能不知道。但是當我一心一意只顧著對準波波最尖頭的那一小塊與浮臂脫落剝除的凹坎時，我的腦海沒有浮力。只有當濕滑浮球真的閃過壓制的力道順著浮力彈跳起來，真真切切閃現在我眼前的時候，腦子好像才醒了過來。

爸會嘲笑我說，讀冊讀甲憨去。像那次跟弟弟在爭論，客廳的電漿電視老舊，早已丟失了遙控器。某日我與弟弟站在電視機前，正想要轉台，於是我問了個問題——是▲▼還是◀▶才是轉台呢？依我推想，▲▼是上一台與下一台，◀▶則是顯示音量大小的幅條■▬▬▬▬，弟弟卻說，當然是▲▼是音量大小，◀▶則是前一台與後一台。還不等我倆兄弟辯明究竟，爸爸一個箭步，讀冊讀甲憨去，不會都揤一揤就知了？被一陣搶白後的羞愧，我也硬是在心中強辯，我是想知道，在設計的直觀上，到底▲▼還是◀▶更符合我們的想像？

不想被看穿自己的笨拙，這才是我的真心話。

可惜我沒有辦法解釋的太多了，明明以為清楚，卻說不上來那是個什麼樣的情緒。就像那一次，獨獨的一次，為了升學的事情跟爸爸起了爭執。我準備入伍當兵，希望他幫我將健保從清潔隊轉出，爸爸一聽楞著，你不是要還讀博士嗎？沒有啦，我不想讀了。怎麼不讀了呢？爸爸是不會要求你的啦，但是我們家沒有什麼人在讀書，你要是可以讀，怎麼不繼續往上讀呢？我說不上來為何不想繼續的原因，只覺得解釋太多他也不會懂得，只是大吼了一聲，我就不想讀了嘛。嘶吼結束了對話，爸老大不高興的一臉尷尬。

退伍的那一年，爸爸突然開始密集跟我聊起天啦，很難得的竟然是說，那個誰的女兒啊，做水電的那個阿伯，他女兒聽說在台大讀博士班，你怎麼不去讀？爸說的那個女兒剛好是我的同學。似乎在爸爸我的心中，我是個可以想讀台大就讀台大的優秀兒子，只是我竟然要到這麼晚我才考量到，會不會爸對我有著什麼樣的盼望？

我看一下喔，我現在把水給放掉了一些，讓波波略為輕飄。對準了浮臂與浮球，塗上了強力膠。現在位置是對上了，可是需要重壓八個小時才可能牢固。怎麼可能，我不是就是要起床上廁所後趕緊讀書嗎？啊，對啊，我要趕著出門去圖書館啊，怎麼在這個馬桶上面耗了大半個時日。自從搬來這裡，想著是要好好專心寫博士論文的，真不該每天這樣虛耗時間。前兩天晚上趁著夜深風涼，我繞著了建國路市場接民族路一大圈，意外發現了爸爸的公司竟然在這耶。想當初來辦健保轉出時，騎著車亂兜亂轉才找到了隊部的辦公處。

那時，我還以為會就此離開，再也不會繼續讀博士班了。

只是人生太難料想，爸爸重病，就在我博士入學的第一年。

那個時候在第一加護病房中，醫生動用了葉克膜在營救，一個這麼大聲粗氣的爸爸包著了尿布，縮成了一具脆弱的嬰孩，全身接連了大大小小的管子，看起來怵目驚心。醫生說，他一直在昏迷，不確定有沒有什麼知覺，不然要不要家屬跟他說話看看？我於是蹲在爸爸的頭邊，小聲地說，爸，你不是要我讀博士班嗎？你要撐住，看到我畢業才行。躺平的父親微微的動了一下，眼角戲劇性流下了一滴淚水，醫生說，那只是自然的生理刺激後的反應。

哎呀，怎麼都是水？笨手粗腳的我還在研究這裡的管線，我沒有一樣認得清的，弄得廁所地面一灘濕漉漉的，要是爸在的話，事情就簡單多了。

照這樣子看，我現在應該只要重壓就好了吧？咕溜溜的波波與浮臂，他們的接觸點就只有那麼芭蕾舞踮腳那樣的尖利，重壓、重壓，可是它是橫的我怎麼……？欸，我一手緊密地卡著浮球，看著它與水箱之間還有一點點的隙縫，靈機一動拿起了回收區的寶特瓶，壓扁再壓扁，無法扁成一張紙，也無法順利塞進水箱與波波的縫隙，可偏偏不順利才是壓力，硬是磨擦塞進去後，浮臂與浮球如卡榫般穩穩不移，賓果！我歡喜地在他們的斷裂處淋上滿滿的膠泥。

就這樣卡著它，反正出門一天回來之後，應該就可以驗收我的馬桶是不是可以順利轟隆轟隆咕嚕嚕了，我還可以跟爸爸炫耀，自己竟然修好了一個馬桶。

爸要是知道了，甘會呵咾？臭彈地說，阮囝有才調。

不知道在爸的心裡，與修好馬桶比起來，我拿到博士學位的話，會不會比較有才調？這都不是一件容易的事情，出門前我對著空寂的屋宇，提振精神自己跟自己喊話：那我走啦！

我的口頭禪，也是我跟爸爸說的最後一句話。

媽說你老爸的健保卡拍毋見了啦，一直吵著要你快回來幫忙辦一張。

我真是忙裡偷閒地趕回家一趟，我抽了個空直沖沖地闖進房間，午間新聞的報導繞我的身軀，爸好好地歪在晴朗微風的午後房間無所謂地繼續攤在床上悠哉地沒說什麼話，我直接翻開他的皮夾。

欸，健保卡怎麼有了？

口齒慵懶的爸爸一貫無所謂的腔調，阿就你哥去用好了啦。

用好啦，用好就好啦。

床邊慣例有幾瓶空的台灣啤酒，以及幾個吃完還沒有收拾乾淨的小菜碟。我回身看到爸爸的床上棉被疊得高高的，他一手屈臂高枕無憂。

那我走啦。

爸說，走啊。

那是二〇一三年的夏日，遺憾的是，後來有太多我用好的事情都再沒機會讓爸爸知道了。

——完稿於二〇二一年秋。

溫柔的腔尾

媽媽的故鄉在金山，靠海。大學的時候聲韻學老師為了說明環境與語言的關係，還特別舉例，如果住在海邊，因為聲音嘲雜，居民講話聲音會比較大聲。媽媽的確是大嗓，卻是因為開店做生意的緣故，免不了要與客人比拚吆喝的音量，加之中年時曾經聽力受損，在我國小五年級時還入院開了刀。要說是金山的親戚嘛，外公、舅舅、阿姨等，說起話來都挺輕聲細語，特別是阿琴阿姨說起話來更是溫柔輕巧，完全不似媽媽在麵店裡的粗聲大氣。

我大概也是大嗓門，還特別聒噪的那種。獨獨在操著閩南語時，被阿嬤聽出我聲調裡有一股奇異的韻底。尤其每次表達認同的時候，那句「嘿妹」，被我的嘴唇團入一球軟糯的〔u〕介音，逗得阿嬤鮮趣橫生，樂不可支，笑著問我是不是學到了來自媽媽的金山腔。

我也不太確定金山腔是怎樣子的，只知道媽媽從小有三個姊姊：阿琴、阿美、阿香，媽媽排行老么，叫做阿腰。阿美跟阿香阿姨到底誰排行在前，我一直沒有搞清楚，甚至到底是阿美還是阿米，閩南語聽起來都是一樣的，我也沒有細究。反而是阿琴阿姨不同，媽媽跟她感情最好，從來他們家與我們家也是往來最頻繁的。

阿姨跟姨丈在金山開了間釣蝦場，爸爸還在的時候，我們每年都會回去兩次，一次是過年，一次是暑假。從我有記憶以來，每次聽到阿姨說話總是那樣的輕柔婉約，聽起來非常像微涼的天氣裡脖子裹上的那一條曼妙的絲巾。滑順輕盈，又有點飄忽靈動。那樣的彷彿在每一個句子裡滲透了比常人更多的氣音，所以在句子的尾聲裡，都彷彿多了一點點惆悵的嘆息。阿姨有三個孩子，分別是阿芬姊姊、阿玉姊姊、以及阿忠哥哥，記得在阿姨的告別式上，阿忠哥哥聲淚俱下地追憶著，他說從小到大他的媽媽從來不曾大聲斥責過他，永遠都是以慈愛的方式慢慢教導孩子。這一點我很相信，因為我的金山阿姨總是那樣笑盈盈的，行事輕緩而優雅。

阿姨罹癌的那一年，剛好爸爸也診斷出了癌症。起初媽瞞著金山的親人，只是把麵店給收了，外公、舅舅或阿姨打電話來，都推說生意太忙，所以不回金山了。直到某一天阿姨在電話裡泣不成聲，媽媽說一時沒有聽明白，以為是姨丈生病了，為了安慰阿姨便也告訴他爸爸罹癌的消息。「遇到了就是要面對」本來媽媽是這樣鼓勵阿姨的，可是過幾天媽媽轉告我時才又說，原來是阿姨生病了，病勢來得突然又凶險。從確診到離去，阿姨走得非常快，似乎不到一年的時間，期間媽媽還去醫院抽骨髓希望能夠幫得上忙，無奈病情依舊急轉直下，回天無力。

告別式依據她所信奉的日蓮宗的儀式舉辦。不同於一般民間習俗上香的習慣，而是用香粉替代——上前致意者捻一撮香粉，置入燃燒的香粉盅內，裊裊輕煙，是我們鄭重的告別。由於不是大家習慣的方式，每個人都謹慎小心，避免錯了規矩。我注意到媽媽，捏起了一小搓的香粉時，對著阿姨，高舉了右手，彷彿向遠行的大姊舉杯，有著一股歲月搓洗歷練下的豪邁與英氣：阿姊，順走。

其實我是明白媽媽的，她跟金山阿姨一樣，都是性格溫柔的人。雖然麵店的生意有很多人際上的交陪互動，媽媽依舊不得不拉開嗓門跟著客人盤撋。自從阿姨走後，我開始注意到媽媽說話聲口的尾聲中，綿延著一股細弱的氣音，那是非常幽微細膩的一縷氣脈，但我一聽，就知道是跟阿姨一樣最最溫柔的鄉音。

我一直沒有問過媽媽，見阿姨最後一面時，想著什麼呢？

阿姨已經臥床不起，擴散的癌細胞已經壓迫著她無法說話。阿芬姊姊給她戴上了美麗的假髮，確實減少了幾分病容。那個下午，我們隨侍在側，一番寒暄問候之餘，便陷入了安靜。午後的陽光從窗簾的縫隙滲透進來，橘紅色的窗廉更是映照著整個病房暖烘烘的，少了死亡的可怖，反倒多了幾分團聚時的親暱。媽媽獨自倚坐在病床前，雙手趴在床沿的欄杆上，像個小女孩一樣枕在手背上，靜靜地看著阿姨。當然，阿姨也靜靜地看著媽媽。不知道她們姊妹相互凝望之時，是否牽動了此生此世的姊妹情深，於此艱苦漫漫的人世道途上一一扶持的往事？

依舊是沉默，我們只是很慎重地任由光影擺布流動，靜靜地陪伴著眼前的一幕，在最後的尾聲，阿姨是不是在向一直疼惜的么妹道別？那想必是一貫溫柔的金山腔，阿姨有，媽媽有，以及表哥表姊和我都有……。

儘管誰也沒有說什麼。

——發表於《中華日報・副刊》，二〇二二年二月七日。

——一株一株的花樹，不嫌它礙著我的路，倒是閃身借過的時候，扶一把，像是私藏的戀人交錯而過的密語及默契——

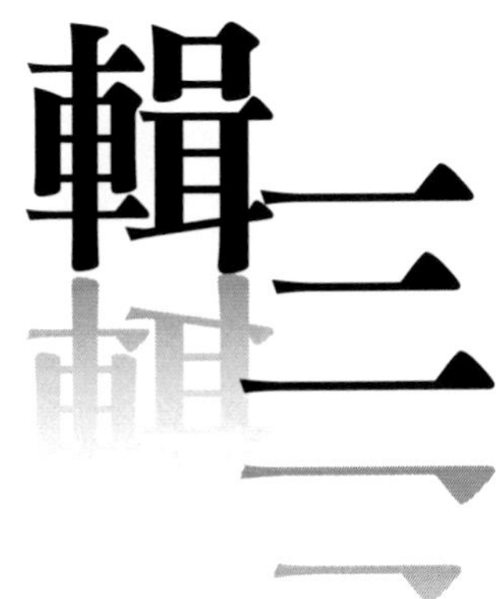

卡塞爾之光

他，一個沉迷於魔獸的「典型」。房間堆著一箱又一箱的泡麵與飲料，每天保持十八個小時在魔獸戰場上，就為了晉升官階增加榮譽數。所以，當魔獸決定改版，原來的努力霎時成為他吞下的那四盒普拿疼一樣，令他更顯焦躁。

不過絕大多數時候，他則是神采奕奕，特別在「把玩」自己千辛萬苦得到的裝備時。除了「實際上」的功用，美觀也是他評比的標準。偏偏我印象最深刻的，卻是把豔俗的粉紅亮刀，這是首次看他玩電動時獲得的。只要我看到他重新配戴此刀，便會自動回溯相識以來的記憶，計算相識日期有多長。「那把閃亮亮的刀叫什麼？」他點選了之後，回答：「水晶彎刀」。啊，這麼沒有特色的名稱唷，不是應該取個什麼「卡塞爾之光」的名稱嗎？他嫌棄樣式，我嫌棄名字……，不過在我心裡還是期待不時能夠看到那把閃亮亮的水晶彎刀。

其實，當我初始坐在他身邊，看著螢幕上各式法寶，聽他熱絡地解說遊戲的內容與每個關卡所要完成的任務，心中多少有些不安。那種擔憂，與其說煩惱他晝伏夜出的作息恐怕漸次吮乾他的精力，其實真正禁不住的是當自己越來越明白遊戲的內容，也越來越能和他進行討論之際，會不會成為魔獸下一個欲攫的目標呢？他倒是毫不擔心，篤定我沒有電玩的天份。目光炯炯死盯著螢幕，那修長的琴指猛敲鍵盤，偶爾感到不安的時候便轉過頭來問：「看我打電動很無聊吧？」心中才剛升起一股體貼的暖意：不會呀，我……

話還沒說完，他早已持著「卡塞爾之光」與下個怪獸廝殺起來了。

——發表於《中國時報・浮世繪》，二〇〇七年五月十一日。

框框

我決定要換一副眼鏡，倒是頗費了思量。這次，我先問了阿至的意見，又請審美眼光銳利的立晨陪我一同四處挑選。在一個月之內，我們從地下街便宜的攤販逛到百貨公司高檔的專櫃，本以為試戴的類型會很廣泛，可以多方嘗試，然而終究跳脫不出自己預想的框框，只是徘徊在方圓之間。

根據專櫃店員的建議，如果臉型偏向圓形者，可以戴方框，反之如果像我一張國字臉，那最好戴個圓框平衡一下。阿至希望我能配一個方框的眼鏡，但是立晨卻認為，個性溫和的我，戴上圓框眼鏡比較適合。如果戴著方框眼鏡，看起來顯得嚴肅而且不好親近。

「你不會覺得不好親近嗎？」我用立晨的話問阿至。

「你需要多一點殺氣。」阿至只是淡淡地說。

我總被期待著成為某個樣子。方的，或圓的？自己卻看不出個端倪。主要還是在於自己對於時尚審美的眼光之遲鈍，這一點，阿至與立晨，意見一致。

曾有次難得與阿至一起逛服飾店，在店裡反覆穿梭試搭，他一路上霸氣地主導所有的服飾與配件，原本心想多多理解別人是怎麼挑選的，只可惜只是一件一件拿給我換，在鏡子前，等著點頭搖頭：買了。不行。還不賴。換掉。我就像初出茅廬生澀的三流模特兒，在業主面前試圖展現足以稱職的風華。也虧得阿至的主導讓我在琳瑯滿目的物件商品中，失去自由卻得到了依靠。

偶然，阿至也問問我的意見：你覺得這件怎麼樣？「嗯……（我看不出怎麼樣），我覺得好像剛剛那一件顏色比較好（試著說點什麼吧）。」不料他皺起眉頭狐疑地藐了一眼：「這一件與剛剛那一件根本只是SIZE不一樣而已。」

好吧好吧，士為知己者死，我為悅己者容。

在眼鏡行裡，我每戴上一副覺得不錯的眼鏡，便要自拍即刻傳給阿至，等著他的回覆。平時習慣了已讀不回，如今倒是挺快地收到他給的建議。在那陣子，走在路上我都瞧著每個人眼鏡瞧瞧，看到不錯的，巴不得前去搭訕：先生，眼鏡可以借我戴看看嗎？

其實與阿至見面的時候，我們都很少戴眼鏡。他的近視比我深得多，偶爾戴上了厚重的眼鏡，看起來特別有一種陌生化的美感，一種難以言述的親切，或許是鏡片擋住了他單薄而銳利的眼神，總讓我很想好好擁抱相守的承諾。

我很喜歡你戴眼鏡的樣子。我很喜歡你胖一點的樣子。我很喜歡你聽我說心事。我很喜歡你陪我說說話。我很喜歡你。

有多少次，我靠在他的頭邊呢喃。

「但我不喜歡回應別人對我的期待」他留下了這句話。

再次見面的時候，是分手後快一年了。衣櫃裡還是當初挑選的幾件襯衫與帽T，我還是沒有學會怎麼自己打扮自己。我依然戴著方框粗黑的眼鏡，當初配好時，阿至直誇說：「適合你，很文青。」

一直以來我都認為彼此之間有的重重誤會，最隔閡者，莫過於我誤以為了解他對我的誤解。可惜愛情啊，哪有什麼範疇或邏輯，那只是隨著時空的遷移而不斷流動湧現或沉潛伏隱。「其實當初，你把自己塞在一個框框裡太辛苦了。」阿至回想往事，給出結論。

「現在你可以勇敢做自己了。」

我的框框內起了濃濃的一層霧氣，阿至的樣子顯得有點遙遠又迷離。「那麼……」摘下眼鏡，我漫不經心地擦拭著鏡片，在吞吐欲言之際，他截斷了我的猶疑：「可惜了，沒有框框的你，已不是我當初深愛的樣子。」

——發表於《自由時報・花編》，二〇一六年四月九日。

原來只是這樣

之一・一億一個簡訊

事情發生得很滑稽，也很難解釋。如果有誰用的是Nokia的手機，大概比較能夠明白這個意外的發生。去年換了一隻Nokia的手機，但是卻有兩個號碼，於是我分別把兩個sim卡放在新舊兩隻手機中，一隻手機有一個號碼，彼此能夠相互轉接，也就相安無事。比較特別是在於，我把自己的號碼也存在兩隻手機中，按照注音排列我的名字會在電話簿中的第一個。

這天，我從學校一路散步回家。回到家中我習慣地把舊的手機打開，正好收到一封簡訊。簡訊顯示竟然是我自己的名字，心中正奇怪，才知道因為我帶在身上的Nokia手機忘了「鎖按鍵」了，很可能觸碰到了按鈕而不自知，如果我不斷按到同一個按鈕，那麼就會進入「功能表」、「訊息」、「寫訊息」、「操作」、「發送」、「尋找」（電話號碼），再接下去我就會把簡訊傳到電話簿上的第一個名單上，也就是我自己的手機中。

以上都不難理解，尤其對於使用Nokia手機的人來說。

我很快明白了自己的糊塗，於是看了一下簡訊內容為「一億一個」，我也很確定這內容是在行走中無意觸碰到按鍵，所寫下無意義的字串符號。我便刪除了這個簡訊，然而我卻發現我這樣意外的簡訊竟然有一排，於是我懊惱地把十幾個一模一樣糊塗的簡訊刪除。刪著刪著，不斷有簡訊塞進我的手機中，天呀，我到底要花多少冤枉錢去消化這些無意義的、自己給自己的簡訊呢？簡訊就像是頑固的癌細胞，怎麼殺也殺不完，我的手指按到發麻發軟，簡訊還是潮湧而來，眼看一封封三塊錢的簡訊，就這樣冠上自己的名字繁衍開來。由手機顯示的時間看來，從學校走回家的二十分鐘內，在我口袋的手機竟重覆這樣恐怖的戲碼！

我恨死自己的粗心，看著每一封署有名字的簡訊，我充滿恨意，每殺死一封簡訊，就好像有三個銅板割在我身上。就在這樣殺死了七十三封簡訊之後，我確定自己莫名其妙殺了自己兩百多刀，於是全身發冷，雖然我自己看不到，不過我的臉色鐵定很難看。

不，不能讓憤怒及懊惱淹沒我的理智。我瞬間恢復理智，用一種老謀深算的口氣，告訴自己要把這個特別的經驗寫下來，攢點稿費貼補月底莫名而來的帳單。不行不行，首要之急應該是要檢討自己，以後生活上不要再老是發生小意外了。這也不對，我應該先慶幸，七十三個莫須有的簡訊是傳給自己，倘若是傳給別人的話，那收到簡訊的人豈不氣炸了？

才想到這裡，電話就響了。接起來朋友就問：「你傳那簡訊給我什麼意思？」我還沒會意過來回問：「我沒傳簡訊給你呀。」「有呀，什麼『一億一個』」聽到這裡我立刻的反應就是大叫，然後小心翼翼地問：「你收到這樣的簡訊幾封？」呼，還好只有一封，不過朋友聽到我的解釋之後，頗有難以置信的語氣。看來這是詭異滑稽的意外之餘，我該先寫個道歉啟事：任何認識我的朋友們，若在某天下午收到我那「一億一個」的簡訊，不要再打電話來問了，一切意外的過程就是這麼一回事。

——發表於《自由時報・花編》，二〇〇四年六月二十四日。

之二．原來只是這樣

大學一年級寒假，我曾經到公館的一家簡餐店工讀。其實，是去當了一天免費的勞工。本來也只是為了應徵，卻被要求必須要幫忙一天，同時段有另外一位應徵者，老闆將從我們兩人當中選擇手腳麻利反應敏捷者。

當天是西洋情人節，正是生意忙碌的時候，我來回送餐點餐，顯得緊張。就當服務台送來一套簡餐：大圓瓷盤上，幾樣配菜，一球飯（原來白飯用成冰淇淋球狀看起來這麼美味），正當我要端走時，老闆急忙著制止：等等等等，隨後他拿出一口洋芋片，斜斜地插在那球飯上。頓時間，整道餐點的巧思就不同了，簡直上升了一個檔次。

但，那瞬間我竟然看到了完全相反的方向：原來只是這樣。

那時雖然年紀小，但吃個簡餐也並不稀奇。以我消費的經驗，看到這樣的擺盤，確實好看，也覺得精緻。但那畫龍點睛的洋芋片，竟然只是從品客隨手抽出一片，一切美好的拼盤妝點，竟都顯得如此廉價。

當許多餐廳、飲料店紛紛以開放廚房的概念裝潢，我最是彆扭。別的不說，當我看到那一杯動輒抵過便當的手搖飲料，那招牌上照片如此紛繁穠麗的茶飲，竟然只是店員舀了一勺糖漿、一瓢附料、加入冰塊與開水，頓時就完成了……，這誘逗人心的滋味，原來只是這樣。

偶爾會去給人抓腳，師傅總拿出了一瓶晶瑩的玻璃罐，裡頭有著雪白的乳液，一邊按摩介紹：這乳液加入了維生素E與Q10，可以順便保養皮膚……聽起來多麼高檔啊。某次再去，師傅問其他人：乳液呢？一時遍尋不著，只好從抽屜裡拿出那還沒分裝的，也不過是藥妝店買一送一的塑膠瓶裝的乳液，我自己家裡屯了好幾罐遲遲沒有用完呢。

美好的、精緻的、優質的，怎麼原來都只是這樣呢？

初初認識景民，從他的臉書上看到許多在各地旅遊的獨照，照片的光影、構圖、視角，無一不充滿了文青風，那些照片彷彿都訴說著某些幽微隱密的故事，在在觸動了我多愁善感的少年情懷。

後來我們相約去參加海洋音樂祭，懷抱著熱血與青春，朝著那海闊天空……龜速前進。原來，每走幾步路，轉個彎或換個角度，他就不斷要求我幫忙拍照。拍完照後，拿著手機一一指點我照相的缺失：「舞台要全部進去。」「視角要再低一點。」「我的微笑好像不太自然。」……好不容易拍到了一張滿意的照片，他不忘熱切地邀請我給予意見——你覺得哪個濾鏡看起來比較好？

陽光海浪沙灘，天啊，隨手一比，我只想甩開腳步往前進。

「你選這個嗎？如果要用這個濾鏡，那你要再幫我重照一張。」

那些美好的、精緻的、優質的，原來只是這樣。

——發表於《自由時報‧花編》，二〇一七年四月十四日。

之三‧看得見就好

對於美容保養並不在行，實在也不太過於講究。但有時會去美容機構進行臉部的清潔與護理，每當美容師在清除粉刺時，那揪心刺痛的感覺實在不好受。我也常常在想，雖說大家都這麼在意黑頭粉刺，非除之而後快不可，但日常與人交往互動，再是在意外貌的，又有誰會真的盯著別人的鼻頭看呢？更別說那麼細小的粉刺，真的會影響一個人的美醜嗎？

往往想著想著，清潔的程序也就結束了。這時絕大多數的美容師都會習慣問：你要看看清出來的粉刺嗎？

不要。

真的不要？看一眼嘛。

有時候糾纏起來，那個語氣都還有一點懇求，可是，我幹嘛去盯著清潔出來的身體的老廢組織物呢？

隨著臉書、IG等社群媒體的發達，消費型態也大為不同，愈來愈多廣告直接在社群上招攬消費者下單。不知道是深受演算法的框限，還是大家賣的東西愈來愈特殊，我總是看到一些非常「幽微」的商品。

號稱日本進口的防塵蟎貼布，只要貼在床墊的一角，過了幾日之後貼布變色，就是代表聚集了許多死去的蟎蟲；說是能夠當作身體的除濕機的腳底貼，睡前貼在自己的腳心，隔日清早，看到貼布由紅轉黑，代表身體的濕氣順著腳底的經絡排除……。直到廣告業面又跳出一樣簡易版的空氣濾清器，忽爾我彷彿明白了什麼。

不同於吸塵器這樣的家電，使用之後只要看看集塵袋，就會感覺到這吸塵器發揮了作用，也不同於除濕機每次倒掉一桶一桶的水多麼爽快。但空氣濾清器呢？空氣濾清器在開啟的時候，我們要怎麼「感覺」到它是有效的呢？

「覺得『好像』有清新一點？」老王是這樣回覆我的。

原來，消費者最怕的無感啊。

所以防塵蟎貼布或腳底貼布變了顏色，追求的是一種「爽」，塵蟎那麼細微、身體的濕氣又不可見，偏偏我們對於自身與環境的感知遲鈍已久，要能攏絡我們的錢包，還不想個法子賞我一個痛快嗎？

這是你剛剛清出來的粉刺，要不要看一下？

真的不要？看一眼嘛。

利奧・巴士卡利在《愛，生活與學習》提到：「看看周圍的人，誰會指出你鼻頭上的汙點？除了愛護你的人。其他的人都讓你留著汙點到處走動，只有真正關心你的人，才會拉住你：『親愛的，你的鼻頭上有汙點！』」

我就看一眼吧。看著那些彎彎曲曲的孑孓的死屍爛死在衛生紙上的成果，那麼細小的粉刺，真的會影響一個人的美醜嗎？大概就是因為不會，所以才要我們看看那的「戰績」，好讓我們覺得清爽，好讓我們繼續光臨。

要把自己的工作表現得引人注目，最大的挑戰或許就是把看不見的成本變成可見的投入。哪怕美不美、醜不醜，哪怕濕氣排除了沒有？一切，看得見就好。

音符滴落

那時租下這個房間，只因房租便宜，房間又大，而且室友已準備好許多家具，可讓我省下不少麻煩。

等我在這空間生活，發現許多始料未及的小缺陷，比如房門不容易關上、電燈開關在房門外，還有，窗戶是裝反的，每逢下雨，房間裡就滴滴答答打起節拍。不過，我倒也能與這些小毛病和平共處，不覺得有何不方便，尤其當我意外聽到從天花板傳來的琴音時，竟覺得租下這個房間很值得。

我用心思考，什麼時候注意到琴音的，但搜尋不著記憶軌跡，想來，我一定不知不覺中，習慣了好一陣子，卻又猛然驚覺，發現聲音彈入我的意識時，可能是在昏沉的午後，或在晚餐過後；那時，我可能正品味著一首好詩、可能正在書桌前振筆疾書，也有可能什麼事都不做，賴在床上發呆；琴聲緩緩響起，總得我從書籍文字中分心了，或是意識從神遊中回復，才能注意到琴鍵的起起落落。

琴聲很多樣，有時是流行歌曲，有時是古典樂章。偶有能辨識時，但絕大部分時間，我只能靜心聆聽。有時候琴音流暢，豐富了滿室的風華；也有時斷斷續續，像是天雨時節，房間一隅滴落的音符。

曾經，在我家教時，學生房間的樓上也傳來悠悠琴音，我注意到，學生似乎分了心。他突然很感動地說：「從我國小時，就常常聽到樓上的鋼琴聲，現在高中要畢業了，我突然發現琴聲也長大了。」

琴聲也會長大嗎？我對音樂的敏銳度不夠，無法單單就幾次聆聽，判斷敲響琴鍵的姿態是稚嫩或成熟，更無法久留學生的房間，像學生那樣，讓錯落有致的旋律，隨著時間而豐富。

我開始好奇，在這無意的聆聽中，敲動音符的那雙手，有著如何的容顏？一日，在電梯裡，我遇到一個比我稍長的男子，一身黑裝，容貌平靜，沒有任何刻痕。我看著他纖細的手指啟動的樓層在七樓。電梯停止後，我留在六樓樓梯間，聽他開門的聲音。當時我便猜想，或許他就是天花板上，敲動音符的鋼琴手吧？那是我們唯一的交會。

每當我在疲累中闔上眼睛，總習慣性的渴望有音符滴落，使我心醉神往；我也曾想過，該用什麼方式，回饋日復一日的旋律呢？恐怕只能對著電腦螢幕，用一種與鋼琴手雷同的姿態，敲響滿紙文字，當作對他的一種報償吧。

——發表於《聯合報・繽紛版》，二〇〇四年七月三十日。

如果在週末，我彈吉他

就該取個這麼文藝腔的標題，特別是在濕冷的冬季，躲在家裡彈彈吉他，是不是很有文青的感覺？呼呼，可惜啊可惜，我不文也不青，說到彈吉他更是初學又外行。本來也只是想在忙碌的工作之餘培養一下新的興趣，剛開始倒也興致勃勃，找了一家音樂行每週定時上課。素來對音樂無感的我，似乎也摸索出了一點趣味。

無奈工作上班的時間特別忙碌，下班之後常常癱成一條爛蟲，總是無暇練習，只能到課堂上緩慢回憶。連續幾次下來，教練也急，我也難為情。怎麼彈一首曲子也是斷斷續續，沒個雛形。總是這樣繳費花時間練習，多不划算，索性趁著工作繁忙之故，暫停了兩個月的吉他課，約好再見。

於是，常常利用週末午後或傍晚，閒來宅家的時候，趕緊拿出吉他反覆琢磨。雖然總是腦袋與眼睛打架、眼睛與手指打架、左手又與右手打架，一個曲子練了個半天，滿身大汗，身心糾結，但總想著無論如何得盡量追上之前的進度，這樣重回課堂才不辜負了自己繳出去的沉甸甸的銀兩啊。更重要的是，如果可以添點文青味，我也甘願。

——發表於《自由時報・花編》，二〇一六年一月二日。

我要一杯大溫鷰

誰不愛美食？但就未必人人都懂美食，我就不懂。即使我對於美食的標準已經放寬到幾乎自暴自棄的狀態，還是有些極為庶民的餐飲零食，常常讓我困擾與彆扭。

問題就出在各種餐飲的命名上。

「夫妻肺片」這種如果直譯成外文足以嚇死人的命名，大家已經耳熟能詳，我談的自然不是這種。現在很多飲料店、甜點店的各種產品都喜歡取以非常可愛逗趣的名稱，而這些名稱曾有一段時間總讓我喊不出口。譬如手搖店的「奶茶三兄弟」——某次上課時，我拿著一杯奶茶進教室，學生問了一句：「那是什麼？」奶茶加珍珠、仙草和布丁。「喔喔，奶茶三兄弟啊，幹嘛說得那麼複雜？」學生的一頓搶白，我才不得不承認每次點奶茶三兄弟的時候，都有一種說不上的彆扭。還有著名的冰淇淋店，有一款我最愛的香蕉冰淇淋，但是他不是叫香蕉冰淇淋，「你好，我想要一杯『猴子也想咬一口』」（忽然覺得自己像是在點播馬戲團的表演劇目）。其他的像是各種早餐店的怪怪蛋餅（名字還不夠怪嗎）、絲拉得那麼長（其實是起司蛋餅）、白玉方城（聽起來很好吃吧，但不過就是蘿蔔糕啊）。

有的時候，倒不是食物的名字取得太活潑，而純粹是一點把國文融入生活的臭毛病給犯了。到便利商店點了一杯「重烘『焙』拿鐵」，店員一臉疑惑後，「喔，重烘『培』啦！」竟然還給了我一個「沒關係，你只是讀錯音而已」的眼光。之後若再點這飲料，到底要從俗還是要重音強調？

曾聽英文老師說過，與妹妹在家以電話訂購披薩，當時店家推出了米製披薩，產品名稱卻寫成「米zza」，妹妹不以為意地對著話筒大喊：我要一個「大米zza」，但這奇怪的中英雙拼，著實讓英文老師驚恐而遲疑。

近來，住處附近有一家早餐店，鴛鴦奶茶很和我的胃口，比起高級餐廳賣的還要好喝（但你相信我的品味嗎？），每天早晨都要點一杯「大杯溫的鴛鴦奶茶」。過去若是在美而美喊著大溫奶、小冰紅什麼的，自然不會有問題。但我發現，我每次點了一杯「大溫鴛鴦」，店家的複述一定會變成「大溫鴦」。老闆是位性格急躁容易不耐煩的女士，直到某次她善意提醒我，以後可以精省點，大溫鴦，店裡就知道我要點的是什麼了（省得囉嗦）。

只是每次我話到嘴邊，還是不忍心拆散鴛鴦。老闆娘大概不會清楚我的堅持來自於死讀書的臭脾氣——「鴛鴦，聯綿詞（又稱衍聲複詞），不可獨立成詞。」

什麼是鴛？什麼是鴦？我怎麼能夠容許自己吐出這麼怪異的聲音：老闆老闆，我想要一杯大溫……鴦？

——發表於《自由時報・花編》，二〇一七年四月二日。

靜臥的觀音

二〇〇八年八月六日，我在金六結入伍服役，經過約一個月的入伍訓後，分配到關渡指揮部砲兵營砲一連，也就是陸軍禮砲連。當時從宜蘭回到台北，我們在關指部待撥，本要停留兩週，卻偏偏因為颱風接連來襲，耽誤了撥交的行程，我們因此就在指揮部停留了將近一個月。關渡指揮部依山勢而築，我們每日的三千公尺跑步，不得不沿著起伏的爬坡上上下下。下坡時，面對淡水河，遠遠望去看到觀音山靜臥河畔。當年，為了能夠多爭取幾天的榮譽假，下部隊後不免操牘墨筆，在《陸軍忠誠報》上發表創作，記得有一篇〈美麗觀止〉，以觀止／關指的諧音，簡單記錄了那一個月反覆凝望觀音山的心情。文章早已散軼，昏陽中的觀音山卻朦朧地存留在腦海中。

第一次看到觀音山，卻是遠在國小三年級時。當時就讀興德國小，班導林素華老師邀請班上同學去她家玩，順便去爬仙跡岩。這是一座位在景美的小山，不確定是否正確，但我們偶爾也稱它叫做景美山，全高大約只有一百四十一公尺。傳說在指南宮的呂洞賓，不知何故踩了一腳在山上的岩石上，烙下深深的腳印，因而成名。

記得我初看仙跡岩時，那一塊碩大的岩石，凹凸不規則型，老師只是向我們解釋，那有沒有像是一個腳印呢？我們齊聲說是。其實小小的身子，瞧得並不夠清晰。只是孩子嘛，那個時候總覺得老師說的鐵定是對的。

接著，老師引領著我們爬過重重層層的階梯，到達了一個平台區暫時休息，便在此時，老師喘著氣說，「看，那座山叫做觀音山，你們知道為什麼叫做觀音山嗎？」沿著老師的目光，在遙遠的前方，大家都像是發現了寶。「哇！」的一聲，卻是一陣寧靜。為什麼叫做觀音山？小學時候的我們總是搶著要回答問題，搶著要在老師面前有幾番聰明的表現，生怕答案被別人說了出來。就在大家還在吞吞吐吐之際，我搶先表現：「我知道了！它像是觀音躺下的樣子。」我看出了所以然，興奮地叫了出來。

老師，笑咪咪地看著我，接著指引同學看著觀音的髮髻、觀音的額頭、觀音的鼻子和嘴巴……。後來想想，大概是我特別喜歡跟著阿嬤觀看那些鄉土傳奇的連續劇，裡面的神明像是觀音啊、媽祖啊、濟公啊……似乎都有一定的形象，久而久之烙印在腦海中，自然比別人更敏銳地分辨出觀音山的形貌。

那年我對觀音山的印象更甚於仙跡岩。

爾後，每一座山都是一種發現。那是大肚子的觀音，那是沒鼻子的觀音，那是半張臉的觀音……。看到每一座奇形怪狀的山，都恣意放縱我豐富的想像力，硬要扯的和觀音有關聯，從來不會去想著是否會褻瀆神明。

林素華老師則是一位基督徒，在參觀她家裡時，特別拿出了受洗的照片向我們介紹。然而對於她是基督徒一事，使我印象更深刻的，似乎是班上有一位同學的父親，偶然在家長會中，與老師暢談甚歡。那位爸爸似乎鼓勵老師請調回台中教書，奉獻故里，所以老師才會離開的。然而時隔久遠，是否如此，也杳不可考了。現在想想，老師對我們非常用心，雖然她是基督徒，但是並不會因此迴避向我們解釋觀音的形象。儘管景美不是她的故鄉，然而她執教於此，也對於在地的環境一一摸查，安排了課外的時間招待學生，讓我們更熟悉仙跡岩的一帶的景觀與自然作物。

其實小小的年紀，我們對於宗教不太具有自主思考的機會，絕大多數因著家庭的信仰而習以為常。就像是國小二年級的方秀惠老師是位佛教徒，有一天不知從哪裡拿來了助印的《大悲咒》，我們幾個求表現的小朋友還以為是什麼神奇的咒語，如同背國語課本一樣也搶著背起來。那時我對於傳統信仰的認識，除了跟著阿嬤看歌仔戲、各式各樣的連續劇外，就來自於圖書館裡面的中國民間故事大全了。

國小三年級開始的閱讀課，是我最享受的時光。不過我的閱讀似乎有些偏食，反反覆覆看的不是可怕的昆蟲、蜘蛛、毒蛇圖鑑，就是倒背如流的神話傳奇故事。很有意思的是，絕大多數的故事，都會將觀音大士以女性的形象呈現。觀音手上淨瓶插著的柳條，總被當作法力無邊的神器。在我光怪陸離的想像中，神明，無論如何都是善祐子民的。

更貼近觀音山，是在阿公阿嬤帶著我們去淡水老街玩的時候，但隔著一條河卻令我懷疑，在我眼前的真的是觀音山嗎？直到聽人提及，才肯相信。為什麼反而不太像了呢？心中疑惑著，是因為，凡是美，都需要距離，才顯得永恆？還是因為日夜期盼而突然擺在我眼前，使我有種難以置信的真實？

圖畫故事裡這樣說，當初呂洞賓看上了清新脫俗的觀音之後，便起凡心，展開追求。不堪其擾的觀音飛越千重山、萬里海，終究擺脫不了窮追不捨的呂洞賓，於是伸出纖纖素手，拈出了一條河，從此靜臥河畔，肅穆典雅。是不是呂洞賓不安於指南宮的鼎盛香火？是不是在水一方的纏綿相思使呂洞賓按捺不住寂寞的心情？在步往淡水的途中，一角落在景美的一塊石岩上，留下傳奇。

神明也有七情六慾的嗎？神明也會有善妒或嫉恨嗎？小時候的自己從來不曾質疑過圖畫故事中任意編纂的合理性。或許故事書裡試圖解釋了為何情侶不能夠到指南宮參拜的傳說，也解釋了觀音山的造型與位置。但偏偏在我的小腦袋瓜裡，像是偵探小說補綴了僅有的線索，突然開竅，明白原來仙跡岩上的大腳印，剛剛好跟這個故事可以兜在一起。

直到千禧年，當時就讀高中的我與朋友一同報名了台大中文系舉辦的文藝營。活動的地點恰好也在淡水，課室外時不時閃現的觀音山，再次逗誘著蹁躚的綺想。文藝營的大哥哥大姊姊們，不斷地鼓勵著我提筆將心情寫下，直到此刻才真正地有了勇氣，以〈靜臥的觀音〉作為初試啼聲的作品，在小小的校園文學獎中獲得了溫厚的肯定。

時隔多年，再登上仙跡岩時，只見層層疊疊的霧霾與高樓，早已無法遠眺觀音山。如今，阿公、阿嬤相繼纏綿於病榻，先後離世。過去軍中的同袍與長官早已斷了聯繫，國小時期師友留下的更像是前世的際遇。時歲的消磨，愈益鈍化的天馬不再行空翱翔，終究只剩下當初美麗的神話逗趣動人，伴著肅穆典雅的觀音，長眠河邊，寄託我心中無限的悵惘。

——初稿於二〇〇〇年。

——改寫於二〇二二年二月。

春燕與妙妙

大約四月，走在人行道上都可以看見春燕築巢。不記得是從什麼時候開始留心，起初通常是已經看到待哺的小燕，窩在巢中只紛紛張著一喙的嗷嗷聲響，便能看見往來穿梭的春燕忙碌飛翔。後來陸續看到某些貼心的人家，會在簷下釘築小小的木板，好讓燕窩可以更加地穩固。甚至，我還看過有人以透明的小傘倒掛，顯得突兀，卻也成為奇觀。

這卻都比不上那一年成群的春燕在板橋高中的中庭迴旋來得奧美壯觀。

我才高三，世事人情彷彿與我毫無瓜葛，我只是認份攀越跋涉每一次的升學考試的崇嶺及幽谷。記得那一天是模擬考，在中堂下課，當所有的同學在教室溫書、或是在走廊嘻鬧時，我獨自趴倚在圍牆旁，驚覺新智樓與慧樓之間的人造庭園，來了一群春燕飛舞盤旋。牠們像是或高或低，卻可以明顯看出一個循環的軌跡，往來反覆，不知從哪裡來，也不知道要飛到哪裡。我就這樣讚嘆無語，直到鐘聲響起，進場考試。

我專注於試卷的問答，很快地就投入在另一個反覆練習琢磨的世界裡。在ＡＢＣＤ的方格中不斷塗抹或深或淺的音鍵——答案卡多像是神祕的琴譜或鍵盤，隨時能夠彈奏出不同的智識性情而有的樂章。忽然一個不留神，我的筆甩了出去，在靜謐的教室中一路往前滾到了講桌前。

妙妙，是我們的導師，也是這一場考試的監考老師。她低身拾起筆來，走到了我身旁，將筆遞給我時，俯下身來輕輕地溫柔地說：「你知道嗎？外面有好多的燕子唷！」

心領神會，我多麼明白妙妙與我分享她心中的震懾與感動，因為我也同樣的震懾與感動——對於飛燕，以及對於讓人迷戀的春天。

燕子，有另一個神祕的名字，《莊子・山木》記載名為「意怠」，又稱「鷾鴯」，「進不敢為前，退不敢為後」，「其畏人也，而襲諸人間」，畏懼於人而依附人住，偏偏世人又愛其纖巧，終究使得燕子不遭人禍。這種不溺塵境的靈活姿態，正是哲人提醒我們處世所該具備的智慧與視野。

四季循環遞嬗，一件事情的結束，必然是另一個階段的開始。當我升上大學與高中同學相約回到學校探望妙妙時，在那多愁善感的年紀，我欽羨著別人大學生活的豐富與豔麗。我們信步閒逛，走入那狹長的中庭花園時，妙妙忽然與我說起：「去年春天，是我在板中教書以來，第一次看到這麼多燕子。」

我終於開心地笑了。

妙妙好像是在說，我們本來就不該錯把全副身心投入一場萬殊的變化的情境，再來哀嘆事與願違。妙妙總是說，不要害怕改變，有改變才有進步的可能。是啊，世事恆變。那是二〇〇二年的春天，我大學一年級。其他同學完全搭不上話，他們竟然沒有一丁點印象，只有我開心像是得天獨厚的孩子說：「我跟妙妙最有默契。」

——發表於《金門日報・副刊》，二〇一七年三月二十八日。

還留碧波水粼粼

其實我初到臺北大學，那真是滿路泥濘，一片荒蕪。當時從大勇路的門口進入，遠遠只看到人文大樓遺世獨立，孤零零的。直到靠近時，發現嶄新的課桌椅包膜都還沒有拆開，堆疊在大樓外。人文大樓的這一端，靠近大學路，才是預定的大門口。只是門口之外，無垠無盡的荒煙漫草，若從北二高看過去，矗立著偌大的招牌：「北大特區土地拋售」。

在大三商學院落成以前，臺北大學本部只有人文大樓，當時校園內不但能夠租借腳踏車，還能夠騎行機車，甚至908公車都還會按時刻表駛入學校。畢竟周圍道路未清闢，校園又太寬闊，從大勇路進來又常常遇到風雨阻路，十分荒涼。晚上六點過後，校園形同一座死城。

在這樣僻靜荒野之中，學校稍稍逗人的景致，就屬心湖了。那個時候我常常心想，一個大學是不能沒有湖的。其實多少也是有種自我慰勉的心情，詩人不也說，湖是大地的眼睛嗎？心湖之於臺北大學，很長一段時間也擦亮了我求學生涯的心眼。

心湖引入活水，頗有潺湲日進的韻味。隨著四時光影不同，心湖的景色也各有別勝之處。也許是秋冬的夕陽，灑出一湖波光瀲灩；也可以是春雨朦朧，滿湖冷水的霧沉風輕。在我大二的寒假，某日細雨纏綿，我打著傘獨自佇立在心湖的橋上，往人文大樓望去，竟興起了一股逸興飛揚的情懷。於是寫下了兩首〈雨中觀心湖有感〉，其中較喜愛一首是如此：

風嵐遠近雨中煙，戲藻霜毛浮碧田。
願渡行舟穿水過，群花隔隱石樑邊。

如今看來，確實在我年少時，充滿了不畏的衝勁與高遠的夢想。願渡行舟穿水過，心湖當然沒有船，有的只是我放肆的願望與自以為是的熱情，我多麼想要前進。畢竟是年輕膽大，顧不得詩作是否輕簡浮浪，還發送了簡訊給系上的黃志祥老師，祥哥竟然來電鼓勵。回憶當時的情懷，有許多對於人文風采的雅趣盼望，覺得師生之間若能彼此分享生活意趣，也是一樁美事。

只是心湖的美似乎並沒有維持很久。在還沒畢業之前，我就目睹了它的衰敗與落魄。究其原因，一開始心湖就蓋得太過於「人工」了，既然是湖總得還諸自然，而心湖旁卻是一堆生冷的金屬設施。系上研究園林文學的侯迺慧老師，有次在課堂上提及，心湖建造的太過於人工之處，便是輪廓蓋得太過清晰與圓滑，如果能夠有些線條上的變化，或是用一些植栽加以覆蓋遮蔽，會更得幽深變化之美。但心湖旁的植栽總是營養不良地在風中雨中嚥不下最後一口氣，三峽本來就風大雨大，在一次的狂暴中，心湖的水淹過了石階，淹上了岸。水退之後，就會發現，挫敗的不只是石階上裹著厚厚的泥土，而是這樣的景象在整個學校，也少有人關注。

有一段時間，心湖似乎就不再那麼美了，但我還是常前往逗留。我曾在心湖目睹一隻狗下水叼魚、曾在那獨自吹奏斷續的兒歌、也在夜深中投下一枚硬幣偷偷許願……，甚至發現至今留存的網路日記，在二〇〇四年十二月十四日記載：「凌晨兩點，我躺在心湖旁觀看雙子座流星雨。原來，我之多欲，並非在愛自己的時候才展現出來。我雖孤獨一人，而確確實實看到許多流星，許多願望。」也想過在心湖旁放風箏，或是將手錶擲向湖心，讓時間在湖底默默靜止……，那都是青春的綺夢，在我心中蕩漾浮沉的光影。

大學畢業之後，直到再回來學校兼課，度過了整整十年。這十年來我卻時不時回到心湖，心湖的景致也有了些整修與改善。各學院陸續建造完畢，原本大勇路的門口成了後門，除了住宿的同學、體育課的同學外，大部分的人從公車站下車進大門後，就直接進入了教學區，不太有機會經過心湖。在一次課堂上與學生分享討論的題目中發現，許多來自北部的同學，由於三峽交通日益方便，下課後常常即時回家，鮮少逗留學校，甚至也很少往三鶯地區逛逛。反而是賃居三峽或住宿的同學、外籍學生，他們在學校的時光停留多了，校園給予他們的感受更加的豐富及醇厚。

某一位匿名的學生曾經在北大的Dcard發表了一篇〈北大冷知識〉，提醒大夥應該多多注意校園裡的景色。第一則寫的就是心湖。原來心湖上的浮板，從空中俯瞰，正是拼成「北大」的圖案。據他文章所述，心湖還是會在暴雨時淹水，水勢退去，看台上滿滿的都是吳郭魚。某年暑假為了防止再次水淹看台，學校把心湖的水抽乾了，才讓人發現原來是階梯式的湖底，順邊撈起三輛腳踏車。

大二在酒慧老師的課堂上，以〈北大春暮〉作為絕句習作。老師讓我們去校園裡逛逛，同學像是賺到了一堂課不用上。我獨自一個人在心湖畔，看著日暮夕照摺疊於心湖的微波之中，想到賀知章〈回鄉偶書〉中的「唯有門前鏡湖水，春風不改舊時波」，遂模仿而成一聯：「隱隱心湖春去盡，還留碧波水粼粼。」那「隱隱」二字，還是老師悉心點化，方能成就的手筆。

北大的春暮走了又來，來了又去。離我大學入學已經過了廿年，北大特區大樓櫛次鱗比，也早非當年一望無際的荒莽。近年心湖新落成了「心湖會館」，我對於心湖的種種回憶與追溯，幾經複疊倒成了印象中的殘影，一如我望著台下的學生，想著當年的自己，是不是也在青春無敵的眉梢眼底，流露出幾分茫然與傲氣？如今，我的青春不再，當年執教的老師，更是陸陸續續地退休，畢竟誰也無法遁逃於人事代謝。獨獨那心湖，能在日暮春盡時，依舊碧波水粼粼。

——發表於《幼獅文藝》636期，二〇〇六年十二月。

——改寫於二〇二二年二月。

如何讓我遇見你

如何讓你遇見我／在我最美麗的時刻，為這／我已在佛前求了五百年／求祂讓我們結一段塵緣

順著我的吟誦，台下的學生閱讀的目光依句式而下，席慕蓉〈一棵開花的樹〉曾經悸動多少青春年華的學子，在懵懂未知的愛情中，我們渴望一種癡心的詮釋。每一年，既定的課程，我不免在台上也跟著厚實自己的感性，與詩人纖細敏銳的情思相互呼應，只要我講得夠滋潤、夠動情，便以為這是絕佳的陶冶。

只是，如何讓我遇見你，在我最投入的時刻？在講台上，忽然一道頓悟的靈光霹靂而過，我丟開預備好的筆記：不，不是這樣的！這不是一首情詩，或者更精確地說，這不是或不止是一首相戀的情詩。學生從原有的專注逐漸騷動了起來，一板一眼的老師忽然真情流露地迫切地宣講了與課本標準答案不同的說法，

一棵開花的樹，這不是很明顯嗎？這就是一棵樹的告白。

*

以前，我並不特別愛樹。

從小被父母放養，景豐公園就是我們的天下，各式各樣的樹木不過是我們隨地取材的玩具及武器——老榕樹的氣根綁結起來成為鞦韆，拿著銀樹的葉子便可與牛魔王對戰火焰山。我們還在桑樹下摘了桑葚，南美朱槿雖然不是樹，但她的花蜜卻餵養我們貪食童年。更有趣的是公園的那一排柳樹，細條的枝條，成了我們武俠廝殺的軟鞭。只是，儘管公園林木蓊鬱，我卻並不特別喜歡樹，樹就只是樹，沒什麼好不好與愛不愛，倒是我們極常爬樹，大夥總在較量，然後兩腳前後交叉卡在樹皮上，利用樹皮糙皴的摩擦力，一節又一節地努力向上，硬是把天空拉得離自己更近一些。

對於少時的我而言，樹，無論是再怎麼豐饒，也不過就是這般粗礪與枯燥。

只有在自然課本談及水土保持的重要性時，我會多看它一眼；只有在健康中心的護士阿姨說要多看綠色植物時，再多看它一眼。樹，要進入人類的視域被圈養劃分，就注定必須被烙下一個「用途」的告示牌。

因為，樹不能只是樹。

第一次感受到樹的生命，反倒是景豐公園入口的一小株。當年，阿公的身體還很健朗，喜歡蒔花弄草，生活過得非常嚴謹而規律，就連百公尺外的公園門口都打掃得乾乾淨淨。約莫是五年級時，公園入口移植了一棵樹苗，巍巍顫顫，個頭並不比我高多少。妙的是，阿公除了定期清掃街道之外，還時不時去澆灌這棵樹苗，卻在某一天發現，整個小樹枯灰焦毀，回天乏術。

那時聽到阿公抱怨，我才知道附近前幾天在做流水席，塞滿了公園外的街衖，在熱鬧的婚慶喧鬧中，宴請的客人時不時就把熱湯冷酒往一旁的樹圃裡倒……。看著那棵焦灼的小樹，兩旁還用斜木支撐著枝幹，那是我在心中初初感受到樹的生命的耗盡。在阿公的埋怨中，我訥訥無語，只是生生地看著那整株焦枯的樹幹樹枝樹葉，感覺胸口噎著一股氣喘不上來——原來，這就叫做死亡？那是第一次我意識到，樹木也是有情。

從彼時到往後，間隔了十年，直到負笈三峽就讀，當時在荒煙漫草的北大荒中，校園滿是斜木撐持的新枝與嫩芽，在風雨搖盪四處動工的社區中，顯得高頎羸瘦。那是二〇〇四年的秋天，學校以「風箏節」為主題舉辦校慶，無奈三峽風大，不多時，這些聳高的枝枒紛紛掛上了交纏的風箏，年少的狂興，我還藉此填了一闋〈西江月（校慶紀實）〉：

風弄華箏高舞，縱絲上與雲颺，線頭卻手逝跡長，忽住林梢飄蕩。
人各往來嬉鬧，不憐苦苦思量，便教常仰又何妨，怕是誰能欣賞？

也許在我的二十青春，已經隱隱約約地明白，不被欣賞的其實不是一只斷了線的風箏，而是那在風中晃盪、尚未穩穩長成的高枝。

直到學成，重返校園，當年的栽植的林木早已濃蔭，蒼翠扶疏，卻少有人流連逡巡。都說「十年樹木，百年樹人」，其實樹木未必比較輕省，大約我們總是把眼光放在人身上，才生出了不少對樹的忽視。不然，怎麼會輕易地將席慕蓉〈一棵開花的樹〉比附為一段佳人癡怨的愛戀？那一句「而當你終於無視地走過」就是詩人給我們最大的警醒。我們一生未必會有機會漠視別人的感情，而我們活著的每一天都可能無視地走過街樹許多次。當我從終於忍不住跳出升學制度的網羅與台下的學生分享自己的體悟，才忽然領悟，會不會我們慣於把這首作品視為情人相戀的情詩，正是無視於「樹」的告白——因為，它不能只是樹。它若只是樹，我們便不覺得感人了？倘若我們曾為了詩情而真真切切地傷懷，那麼如此詮解下的無視，會不會反而是一種對樹的辜負？

樹向來不只在我們的生活裡，還一直矗立在文學教育的沃土中。可惜當年的我或者太過於馴順與乖巧，竟不比如今的學生高明幾分，我們在國文課本讀到了張曉風的〈行道樹〉，那一句「立在城市的飛塵裡，我們是一列憂愁而又快樂的樹」只教會了我們擬人與映襯，至於記誦「繁弦急管」、「燈紅酒綠」的成語，在九〇年代的國文課堂，更是沒有機會讓我們真正遇見並且理解一棵無論開不開花的樹。

很長一段時間，引以為傲的，反而是板橋高中的校徽上嵌著一葉菩提。起始雖然聽到學長姊介紹，板中的校樹是菩提樹，並不特別覺得有何特異。直到高一的班導蕭思聖老師，不經意在國文課堂上提及，這個學校真是妙啊，校樹是菩提樹也罷，這大樓的名稱：智樓、慧樓、覺樓，無一不擺布著佛家的用語。老師跟我們簡單說了悉達多太子在菩提樹下開悟成道的典故，在那燥熱的青春中，我特愛他說這些老成的見解，縱然懵懵懂懂，但我也很好奇，當時屆臨退休的蕭老師，為何搭車往返的時候總是隨手一本《金剛經》，反覆吟詠著無相也無常的奧義？

*

我是何時開始愛上樹的？或許已經追憶不到初初動心的瞬間。但凡是愛，往往滋養於素日眄盼。然而，記憶最可追索者，卻是在花季中，遇見一棵不開花的樹。

那是春日負暄的天元宮，友人相約出賞。天元宮的三色櫻、台灣山櫻花、到三四月盛開的吉野櫻，花期綿長而繁盛，我們在繽紛炫目的妝點中，特別感受到目不暇給的舒暢。然而，整趟旅程，我單單珍愛也單單上傳一張烈日下山樹的倩影，在人潮如織的晴空，它如此地翠綠與豐饒，卻也是如此的靜謐與寂寥。至此，我才明白，粉白紅豔的花朵，能給我的審美體會都是直截而快速強烈的，那同任何的感官愉悅，都是暢快。可惜暢之為亟，卻少了迴韻的舒衡。那是第一次我意識到，不是紅花需要有綠葉來映襯，而是紅花映襯了綠葉，才明白那一樹花開正綠時，才是真正的含蓄而飽滿。

我也開始留心日常生活中能夠遇見的不同地方、不同樣態的樹木。譬如元智大學的校外人行道上，一株一株的花樹，不嫌它礙著我的路，倒是閃身借過的時候，扶一把，像是私藏的戀人交錯而過的密語及默契。或是趕往臺北大學的941塞在高速公路交流道時，我撥開遮陽帘看那靜立分隔島上的路樹，羨慕它的從容悠逸，儘管是車流塞堵，日常卻不會有誰能有辦法攀折打擾。尤其覺得遺憾卻珍惜的是，颱風過後，大安森林公園傾倒斷裂的樹欉，總成為地方官員與議員評鑑「災後恢復」的指標。其實啊，這些醺臥橫陳的樹木，更是難得的姿態，如此親人，散發著馨樸的氣息。大概在許多人眼中，行道樹一旦長成，便成了妝點的工具；一旦毀損，又成了亟欲剷除的障礙。

因為那只是樹，這道理我們都懂。

據載阿育王嗣位之初，屢屢砍伐佛陀成道之地的菩提樹，後仰賴女兒僧伽蜜多折下菩提枝送至獅子洲，而得以移植。或說，乃阿育王的王妃派人偷偷毀壞菩提樹，後仰賴悔悟的阿育王以香乳澆灌，菩提樹才得以恢復如故。經典的傳說總帶有幾分的奧妙，只是佛說真正的智慧並不在於對於外物的執念，而是在於日常細微處的護持。

樹可以只是樹，所以樹不該只是樹。

畢竟都是榮與枯，畢竟都是自然的興與伏。哪怕是如今我更為癖愛的枯木——高聳的枝幹卻無一花一葉的附著，像是為下一輪的生命含藏著力道，又像是為這一世的性靈標立最後的悼念。每每葉落花盡，那枝椏攫取的每個一拗折轉鋒處，是一樹的精魄最蒼勁、最有力度的裂展。佛法修行，有以白骨觀作為勘破肉身的法門，我卻總不免癡念，秋去春來，那紛紛降落的姿勢，徒留枝梗交錯的林木，卻是凡俗肉身的有情，最最美妙的觀想。

那麼，如何讓我遇見你？即使是一棵已經不再開花的樹。

——發表於《人間佛教學報・藝文版》第38期，二〇二二年三月。

——那圈禁起來的時空，大家奮力扮演，有的人假裝勤奮認真，有的人假裝肝膽相照，有的人賣傻，有人弄人就也有人假裝被弄。那是一個不帶臉皮生活的世界——

戲弄

長官凌虐部屬者，處三年以上十年以下有期徒刑。前所稱凌虐，指逾越教育、訓練、勤務、作戰或其他軍事之必要，使軍人受凌辱虐待之非人道待遇行為。

翻開那本小紅書，上面脫落的燙金字體寫著《陸海空軍刑法》，我依照連長的要求當眾朗讀完畢，抬頭正好對到K的眼光，我的眼神很直很直，彷彿看穿了他的腦勺，停留在中山室的牆壁，那格貼有《陸軍忠誠報》的欄位上。

*

隔壁的工兵連下基地，這個山腳下的營區，幾個月來只有我們這個遺世獨立的砲兵連。為了因應大門站哨的編制，連隊這段期間必須撥出成員進駐待命班。待命班的作息並不完全與連隊同步，有些弟兄不喜歡被分配到待命班，有些覺得反正不過站站哨，也沒真正突發狀況要應付。真要說，就是時不時會遇到長官或班長操演一分鐘待命班，當過兵的都知道，聽到哨音，就知道又要被玩了。

不當管教事件發生的時候，晚飯剛過，我從大門剛剛下哨。遠遠看到一位弟兄憤怒地向我走來，已然擦黑的天幕讓我來不及細看他的表情，便已經聽到他知會我：我不忍了，我今天一定要把事情寫在莒光作文簿，來跟你說一聲。

回到了連上稍稍打聽，發現忿忿的人不少。原來，這週是K砲長擔任值星官，剛剛打飯班的班長，為了幫我們出勤的人員預留飯盒，不慎多留了一個。沒想要這件事情激怒了K砲長，當眾把多的餐盤摔在地上，命令打飯班的班長全副武裝從連上到餐廳折返跑。當過兵的都知道，軍中吃飯最大，絕不能讓任何人餓肚子。

可是，又不是少準備，有需要發這麼大的脾氣嗎？

大家都說要把這件事情寫在莒作簿上，告訴我一聲，是給我一個面子，好讓我準備準備。

我算什麼？我只是一個入伍服義務役的二兵，哦，不，是一兵了。那次去K砲長的寢室請示用餐，不慎把自己的職級說成二兵，當場被電到翻過去：「別搞不清楚自己的身分。」我不確定他這句話是想警告我什麼嗎？但我的身分是什麼，不過是輔導長身邊的政戰文書，一個並不那麼正式的文書公差，常常被大家視為爽缺。自從我擔任了這個職務之後，K砲長就愈發針對我了，常常認定我要藉故偷懶，我的日子從來就沒有好過過。

軍中的政戰文書所處理的工作充滿了各式各樣的表簿冊，國軍愛作各式各樣的表單與紀錄，從指揮部、營級、連級層層向下的考核中，他們習慣了虛應敷衍。所謂的莒光作文簿，應該是要讓弟兄抒發心情記錄軍旅生活的園地，然而當過兵的人不少都遇過，只要在莒作簿上有任何負面的陳述，當晚的文章一定會被撕掉。客氣的輔導長會找人幫你重寫，不客氣的，還會把你抓過去拉正。我們這個獨立連，不跟營區在一起，連長與士官長簡直就是土皇帝。中尉輔導長才調來沒多久，一勁地客客氣氣，卻也叮囑著我，務必檢查大家的日記。一次不察，某位弟兄寫到營區蚊子很多，被指揮部看到，我們連上因此一週來了三次環境衛生的督導，苦不堪言。

我並不想爽，我想在軍中認真做點事情。可是在這個陳舊龐大的體制下，很多環環相扣的機制已經鏽蝕，只能夠學會在縫隙中鑽營。於是，我跟輔導長協議好，週四晚寫完莒作，便熬夜全部看完一遍，只要有負面意見的，全部撕掉後保存，由我打成電子檔。將所有問題分門別類後，週五上午的莒光日前，呈到連長的桌上，由連長現場根據問題而一一裁令決處。輔導長說，這個就叫做作球給連長。連長即時解決問題，獲得愛戴，意見得到回應的弟兄也甘願再弄出一篇虛情假意的。為此番和諧，我跟輔導長卻總得熬夜到凌晨三四點才能睡。

所以事情發生的那一晚，大家說，先知會我一聲，是為了給我一個面子。

連長不在，輔導長也外出洽公，向來不管事的副連仍舊閒散地關在自己的寢室，而士官長在休假。連上目前最高的長官就是五位砲長，特別是值星官K砲長。

機不可失。

我立刻傳了一封簡訊給輔導長：「連上出事，我要用你的名義集合大家。」「發生什麼事？」遠在指揮部開會的輔導長，再怎驚慌，這時要趕回來也來不及了。我吃定了他對我的倚賴與信任，不再回訊，轉而欺騙值星班：「輔導長有事情要我宣布，我需要你幫我集合全連。」我在賭，賭那些上士砲長是不可能跟著我們一起集合的。

中山室，全連集合。我拿了一疊裁好的白紙，面對弟兄，確實可以感覺到今晚的氣氛詭譎多疑。「我們這個月的榮團會還沒有開，所以請大家有任何福利想要爭取的，直接寫在紙上，方便我作成會議紀錄。」大家習慣這一套了，很多會議紀錄就是做做樣子，並不真的召開，然而當我的眼神掃視過大家後，便刻意而慎重且放低了音量說：「放心，這不必記名。」

等到輔導長回來時，連上早已過了就寢時分，我報了加班單，一個人點著昏黃的桌燈，拿著一疊計七十四份的筆錄，絕大多數都很有默契地描述了當晚K對於打飯班班長的不當管教，此外還有他素日裡作威作福的舉措。

交給連長。

不，交給指揮部，或者至少得是營長。

我與輔導長意見相左，輔導長憂心地說，這份資料如果交出去，我們的連長一定會被拔掉。我們連上出了這種軍紀問題，一定會大地震，大家一定不會好過。但我擔心，這件事情交給連長處理，連長恐怕會把案子給吃掉。

最後我們兩相權衡，將所有的紀錄複印了一份。我向連長報告，是為了例行完成榮團會的紀錄，偶然才得到這樣多的陳述。當連長看到我交付的是資料是副本時，無論他相不相信，也立即明白，此時此刻事情已經沒有轉圜的餘地了。

權力愈大，責任愈大，他既然是連長，就應該要想辦法負責任。

*

認真就輸了。這是每一個人入伍前必定從前輩那得到的諄諄教誨。在這個號稱國家門面的特殊獨立連，有其源遠流長的運作傳統。在這裡談的不完全是階級，而是梯次，是到部日期的前後。嚴格學長學弟制，讓這裡充滿了玩弄新兵的風氣。這曾經是很多人的難題，卻不是我真正介意的事情。

我真正介意的是K砲長。他對我充滿了各種成見，無論是高人一等的學歷或是溫柔的性別氣質。打從一開始他就認定我成為輔導長文書，分明想偷懶想爽，於是在每日的生活中，用盡各樣細碎的工夫刁難。可能是要我倒一杯38.2℃的溫開水給他，可能是要我從一箱盜版的X-box遊戲片中找出兩台飛機飛來飛去的那片，可能是我代理開設營站時，順走幾盒泡麵與香菸，等著我眼明手快記下品項好跟他客氣的催款⋯⋯。有太多事情是無法完成的，他也不要我完成，完成不了，才有機會對我開刀。

有次，因前晚處理連上莒作簿拖到三、四點才睡，致使週五早上的莒光日精神不濟瞌睡，K砲長直接走到我的旁邊冷冷地一句：幾點睡？報告，三點。我的驚嚇還沒回神，一雙手直直地壓住我的頭敲往桌面，咚的一聲，所有正在收看莒光園地的弟兄都回過頭來，我正趕忙起身時，又再一次把我的頭死死壓在桌上。

不是很累嗎？睡呀。

額頭發疼，眼前一片暈黑，我睜著雙眼卻只能看到緊緊貼住的桌面。我也是此時才真正明白，團體生活中壓印在一個人身上的屈辱感，遠遠比身體的傷害來得更加痛楚。他在笑，我也只能跟著笑，是因為我甚至已經不確定這樣再三的捉弄到底算不算是欺凌，好像只要我願意笑，一切都可以不必那麼認真。

軍隊是一個性質封閉的社會，我們都只想笑笑而已，只想平安地過去。在我忙得被瑣碎軍務填滿的每一個漫長倒數的日子時，終究撐持不住，身心狀況開始出了問題。

那時，為了紀念古寧頭戰役六十周年，史政編譯局舉辦了學術論文徵集的比賽。指揮部大概為了求好心切，下達了命令，每一個營區必須要上繳一篇古寧頭戰役的學術論文參賽。這時營輔導長事不關己地隨手一指，讓他去吧，不是讀到了碩士嗎？可是同時，連上正準備出任務，日期壓在在論文截稿日之後兩日，我們必須得花費許多時間演練與整裝，又是同一個時間，我被指派到待命班駐守⋯⋯。我一個人沒有辦法同時完成這麼多事情。K砲長在任務整裝與待命班的操練上又屢屢苛求為難，無論如何向上反映都無法獲得解決。直到我告訴輔導長說，自己的精神開始恍惚，有自我傷害的念頭。身為政戰文書，我很識相，只有私底下偷偷傳達，因為這事情萬一傳揚出去，非常難處理。

那個週五的晚上，論文截稿的最後一天。我坐在輔導長室的沙發上，看著昏黃的桌燈迷散朦朧，向長官報告我自己的狀況，忍不住哽咽地說，我可能需要就醫。

「你沒有生病。」營輔導長特地從營區趕來，卻只丟下這句話。「是不是生病，我不知道，你也不會知道。」壓低了聲音，艱難地保持最後的冷靜。

你只是責任感太強了。

那我為什麼需要有這些責任？

「你們明明知道，我只是個兵。」顧不得任何自己的身分與階級，我的聲腔撕裂燒灼：「現在你一個少校還管不住一個上士砲長對我的戲弄？」

衝出了輔導長室之後，直接摔門鑽進隔壁的業務室，明明是我的休假日，我卻得在利用最後的時間敲打著未竟的論文。我全身顫抖，兩眼腫脹，眼淚止不住地流，就在輔導長不知道該怎麼面對崩潰的情緒時，K砲長闖了進來。

他從我身旁歪過一張臉擋在我與電腦之間，以誇張的語氣拉長著的聲調啼叫著：「唉唷，好可憐喔，聽說有人寫論文寫到眼睛到腫起來了，嘖嘖嘖，怎麼這麼辛苦啦。」

這次，我不再笑了。他的臉幾乎就貼著我的臉，我的眼神卻直直地看著他，甚至看穿了他，雙手一貫不停地繼續打字。

我永遠不會忘記K嘲弄的表情。

能夠扳倒權力的，看來，就只有更大的權力。

*

所以才有那一場暗藏玄機的榮團會，才會得到七十四份讓我藉以使K受到懲處的筆錄。

我不得不承認，當眾多弟兄憤恨地向我表達要把不當管教寫在莒作簿上時，我起心動念，不全然是為了要伸張正義。我很明白，大家再怎麼氣憤，很可能過兩天就沒事了。但總得有個開始，總得開始有人不再是笑一笑，就裝作沒事。

說來也是諷刺，連長為此召開的士評會我不該參加的。我是誰啊，我不過是名義務役的一兵。就像K砲長講的，別搞不清楚自己的身分。但自從我到部之後，連上大大小小的文書工作幾乎都是由我來處理，連長說沒有人會寫會議紀錄，那你來吧。順便交給了我一本小小的紅皮書，上面寫著《陸海空軍刑法》，要我當眾朗讀不當管教的罰則。

這當然也是一場表演，士評會並不對全連開放，當然他也不可能真正被以軍法審判。我真的不知道國軍到底有什麼是真的，但我們能夠做到的是，在這個照章行事的流程裡，讓每一位士官都不得不站起來煞有其事地指正K砲長的領導統御能力，讓他在同袍間尷尬與羞愧，讓他抬不起頭來做人……。羞辱遠比連長公告的禁假令，更能替我出一口惡氣。

我眼睜睜地看著。

可惜了，這樣的快意，竟然沒有維持多久。我不知道是因為K砲長受到的懲處太輕，還是我終於明白空有怨恨憤怒竟這般虛無——走了個場面認錯，K卻未必真正覺得自己有錯。尤其是對我的嘲弄，以及種種的語言與肢體暴力，他從來都不曾真正道歉。

他甚至不知道，是我處心積慮，要讓他無地自容。

等到K再次輪到值星官時，事情已經過去了一個多月，我在連上也算是頂天待退了。開始明白那樣的傳聞是真的：只要你頂天了，原本再怎麼蠻橫的長官，都會對你非常客氣。他們仍然常常請教我光碟片在哪？商量能否拿兩包香菸？我幾乎是反射性地「報告，是！」而他們總會拉住我說：不忙，叫個菜逼八的新兵去就好。

我懂這是一種怎樣的手段。煎熬了近一年的軍旅生活，終於可以退伍了，我多少次想著要平安退伍，等我退伍，等我成了他們口中的死老百姓後，我要一一報復，一一爆出那些營區內見不得人的秘辛及跋扈。只是所有的忿狷竟然在最後備受尊崇禮遇的日子裡，不由得餒弱銷靡，還是算了吧。何況，連上有個檯面下的福利，假參會帶著屆退的弟兄進連長室，連長根據素日裡的表現，會給連上弟兄「凸假」——也就是放黑假的意思。連同積假，我提早快一個月離營，既然能好好離開這裡，其他都不關我的事了。

可能大家也都是這樣子想的吧？所以在待退的日子裡，竟是我在這個連隊中看到軍紀最渙散的時刻。砲長們一改原本雷厲風行的作風，擺爛不管事。全連樂得輕鬆卻也造成事故橫生，新兵一波波進來，學長學弟之間衝突漸多。那場士評會上，每一位士官都夸夸其談帶隊要帶心，但究竟什麼才是真實？究竟怎樣才是正確的呢？一場士評會、一張懲處禁令，眼見逐漸潰散的紀律與團體榮譽，我對當年的自己也不是沒有懷疑。

退伍半年後，接到史政編譯局的來電恭賀，那篇古寧頭論文得到了首獎。每每想到自己循順嚴謹的學術格式撰寫了篇虛有其表的論文，不能不想起「認真就輸了」這句箴言，不能不想起在這個陳舊龐大的體制下的每一張表簿冊中漂亮的數字與案例，到底有多少的真實，又有多少的戲弄？

只是，我誰啊我？我只是一名服過義務役的死老百姓而已。

——完稿於二〇二一年夏。

謀生

天愈來愈暗了，我卻看得愈來愈清楚，從那一格格鐵絲圈成的平行四邊形中。鋼鐵架起的地面規律地乖怪乖怪，我的腳步好奇多過於遲疑。這是一條連結大樓與大樓之間的甬道，綿長而曲折。前面走著的是輔導長，他一邊望著樓層方向指示牌，一邊東張西望。我打量著兩旁密密札札的鐵絲網，好歹應該在上面掛上些盆景、或是畫作？若是在營區，政戰文書當久了的毛病，長官是不會喜歡看到這樣赤裸裸的場景的。

拐進一幢大樓，裡頭是柔和的暖黃色。面向櫃檯的右前方有一扇門，門上有一個透明的方框。我趁著輔導長在與醫生及護理人員探詢問題時，好奇地想往那扇門走近。念頭才起，我忽然見到F的臉孔硬生生地貼在門上的透視窗。他知道我們來探望他了嗎？只見他把臉貼得好平好平，鼻子、還有腮幫子以及額頭，死死地黏在玻璃上。那種感覺就像是什麼荒謬的動畫，預估會有一個人從後邊拉著他的身體把他的臉頰拔離，而且還會「啵——」的一聲。

畫面突然變得很卡通，我站在原地，忍不住地想對著F爆笑，你的演出好生動呀。

可是，F還是那麼地空無，似乎往我這裡看來，卻又不像是在看我。那個眼光，遲鈍、空洞、渙散，好像穿透了我的身影落在身後的某個平行的時空中。他嘴角還沾了點口水，呆呆地反覆像是在「嚇、嚇、嚇、嚇」地一開一闔。

*

「以後如果我當學長了，才不會這樣對學弟。」

「我們也是這樣苦過來的啊！」

這不是一個普通的連隊，這是一支紀律森嚴、學長學弟制極重的獨立連。我們這個連窩在山腳下，並沒有與營部在同一個營區，又不像野戰部隊那樣需要辛苦下基地。所有的新兵，都必須由連上長官親自到新訓中心挑選，篩選後的新兵還要抽得到籤才算數。每一個到部的人員，都必須聽從學長的規訓。

眾多訓誡中，最要緊的是每晚的在中山室的「床點」。精彩的不在於點名，在於點名之後，任何有「趴數」的都可以上台，將今天連上士兵表現不好的人叫起來拉正。往往一個人起來，同梯起來，前一梯起來，台上的人罵得囂張，底下的人也沒閒著，跟著一起三字經五字經，砲聲隆隆。

他們說這就叫做紀律，透過隊上的內部約束，來整飭團體生活該有的規範。我也是聽得一愣一愣的，直到某次進入一樓大寢聽見幾位梯次高的學長聊著，欸，今晚床點要來玩哪個新兵啊？我才明白，原來這是一場遊戲，行之有年的默契，使得這個號稱國家門面的連隊，在很長的時日中，維持著嚴明的紀律。

特別是那陣子，指揮部轄下的各單位接二連三發生許多軍紀問題，長官便說我們是指揮部的最後一道防線。偏偏，潰擊這道防線的人物，就是剛到部的F。

我從長廊中看見了擔任安全士官的班長在招呼F這一批新兵「整理行李」——班長會不斷地下口令：一分鐘之內將所有行李從黃埔大包包倒出，由大到小、由左到右排列。反正一定會有人排不好，一定會被喝斥，然後再收起來，再排，一定會耍弄他們一番。

好了啦，班長，我要領他們進輔導長室填寫資料了。在能力所及的情況下，我通常會藉故打斷這樣的遊戲。

F到部的這天運動時間，班長讓這群學弟排在隊伍最前方。他們必須按照口令跑得快慢有致，答數得聲音宏亮，若稍有遲疑或差池，不論任誰都能直接在部隊當中，出聲訐譙。老把戲了。隊伍繞著營區，跑著跑著忽然一陣騷動，還來不及反應，就聽見值星班長與幾位弟兄大喊我的名字。回身一看，F竟蹲在地上崩潰嚎哭。我還來沒意會過來，「交給你了」，值星班的意思是，要我好好開導他。

「他們為什麼要這樣對我？」輔導長室內，F的聲音顯然在顫抖，淚也乾了，只留有那激昂的情緒撼動身體不住地上下起伏。他們為什麼要這樣對你？他們也沒有要針對你，這只是連上的一個壞習慣，以後新兵進來之後，你們就不會被針對了。

F乾澀的雙眼望著地板，他的聲音有點渴：「以後如果我當學長了，才不會這樣對學弟。」可能自己在這個環境待久了，也油條了起來。不知道有多少人在這個房間說過同樣的話，直到他們成為學長，又重複著捉弄學弟的把戲。但凡我出面勸止，得到的回應卻是，我們也是這樣苦過來的啊。

我倒是沒有把自己轉了轉的念頭說出來，只是冷靜地看了他一眼：「別這樣，你應該沒事吧？」

*

果然出事了。

兩天後的上午，連上安排了一場講座。能夠在室內吹冷氣、避開溽暑下的操練，大家自然感到輕鬆。值星班照例點名，就定位後，大夥答有，這時便可聽出梯次的差別。連上規矩嚴，新兵菜鳥各個精神抖擻。其實以當時傳承下來的學長學弟制，學弟再怎麼戒慎小心，仍然會被老兵尋隙刁難。可老兵就另一張嘴臉了，「喲——」的一聲拉個死長。成了學長，誰也不跟他計較。F點名沒到，偏偏又只有他沒到。有人看到F嗎？媽的天兵，不去死一死，沒聽到集合的命令嘛？

沒有人知道F去哪了，講座開始，我正襟危坐聽著台上的內容，心裡卻分神地想著F又要倒楣了。腦子的念頭也不過就這樣轉了一下，便隱隱約約樓下有什麼事情在吵著？

值星班長慌張匆忙跑來我身邊低聲：「快去。」

甫下樓，連長室門開著，連長、輔導長、士官長、值星官、值星班都在。我還沒有意會過來是什麼情況，「交給你了。」連長走出來，擺擺手不耐煩地丟下這句話。我看F坐在連長室內的沙發，全身顫抖，哭得非常激動。

原來，點名不到，值星班到處找不到人。後來安全士官及時發現F把自己反鎖在廁間，拿了一條方巾，纏著自己的脖子企圖自殺。

事情嚴重了，我們反射性地立刻展開一連串應有的「防護機制」。重新評定身心量表、檢查莒光作文簿、聯絡家屬、呈報營部與指揮部。

都說老兵八字輕，不就剩一個月要休退，怎麼還出了這麼多事情要應付？

當天我奉命陪著F，既定的訓練都不需要參加了。我們待在一樓大寢，他繃著一張臉，連上的學長好可怕，連上的長官好兇，訓練好累……我以為他會喃喃抱怨，卻異常地沉靜。空蕩蕩的寢室只留有我兩人，這樣的沉默其實讓我很緊張。我只是個兵，沒有任何心理諮商輔導的專業背景，真實生活中也沒有處理過任何企圖自傷自殘的個案。可是，眼前的這個人，假使他真的企圖要結束自己的生命……，我於是揣摩那是一種怎樣子的陰鬱，像是無風雨的海域，忽然卻被捲入了狂暴迴旋的空間裡，沒有人真正知道那個當中的昏天暗地是怎樣的景象。

「裝死！」連上其他弟兄擺明都沒有要給他好臉色。

當晚F睡在我隔壁床，我奉命每隔一段時間就得注意他有沒有在床上。相對於長官們的怵惕緊張，我顯得有點煩躁，還有點心神不寧。

連上似乎有過這樣的案例，聽學長說過，曾有一位新到部不久的弟兄，可能也是受不了嚴格的管教，在休假期間被發現在沉溺在一間旅館的浴缸裡，浴缸旁滿滿的是啤酒罐與安眠藥。後來連上與家屬達成協議，定調這是起意外，而不是自我傷害。他們說如果是意外，家屬還可以領到一筆撫恤金。

我那時在想，倘若不幸發生，又發生得那麼隱晦不明。我是家屬，會不會也做出同樣的選擇？傳聞終究只是傳聞，陪著F的那一晚，我輾轉反側並不好眠。在接近清晨起床的時候，窗外的天光幽闇，起身坐在床沿，看著身旁的F，看著他安然熟睡的樣子。昨日連上一整天的騷動，翻天覆地，如今似乎隨著他規律的鼾聲暫時沉穩了下來。我看著他睡著時的面孔，與昨日哭泣猙獰的神情大不相同。

我很害怕出事。

即使是夏令時節，我的頸後仍然一陣濕冷，心跳卻是愈來愈快速，總覺是在催促著什麼，有些事讓我感到躊躇猶疑。

沒有多久的時間，F被送往醫院留觀。他收拾好行李離開連上的時候，我問了句「你沒事吧？」F把頭低下，看也不看我一眼，囁嚅吞吐，大概是對我說了聲謝謝。

*

連上，再沒有人去追究這突然來的一陣混亂，像是深夜無人時的廣播頻道，主持人一場規律低沉而富節奏感的喃喃傾告，忽然錯頻，或者只是一陣不明所以的雜訊。甚至我們都還來不及解讀，一切又恢復了正常的運作，什麼事也沒有。短短不到幾天的時間，突然的一場鬧劇，連閒話時都不再有人討論F。

老兵八字輕，快退伍了，我也盡量不去談他。

國軍對於精神病院的傳說大抵也是聳動得一如無法考據的述異記。有太多的特殊情節口耳相傳——那些人是如何地喃喃自語、是如何地到處便溺，或是有人赤條條全身精光到處奔走，或是深夜忽然發現有人盯在自己的床邊不住冷笑……。更多更多的版本，在大家的嬉笑嘲弄中，鑿出稜角深切的印象。但是無論是怎樣的情節走向，無論大夥的表情是如何地鄙夷嫌惡，總歸的結論是「正常的人進去住久了也都瘋了」，這像是一種咒詛，更像是一種安慰。安慰自己，那些裝死的人，不會好過的。

無論如何，都鬆了一口氣——連上長官、F，還有我。

離開軍營的生活，也許還是有很多學長學弟、前輩後輩的潛規則在哪個角落暗自較勁，但外頭畢竟不像是軍中那樣的封閉因循。那圈禁起來的時空，大家奮力扮演，有的人假裝勤奮認真，有的人假裝肝膽相照，有的人賣傻，有人弄人就也有人假裝被弄。那是一個不帶臉皮生活的世界，待得短的還有機會提醒自己只是個戲子，日子久了，有更多的人也就漸漸地模糊了真實與虛幻的座標。所以，聽說過有不少的人退伍澈底換掉通訊方式，無非是想把那黏著的記憶澈底撕除。

我沒有如此決絕，輔導長還是常常三不五時地打來訴說在軍中的生活。

他覺得苦悶，還有傷心。

他說F驗退了。

F在電話裡感謝他幫忙處理退役的事情，然後很坦然地說：其實我是裝的。

那些日子的辛苦奔走，不斷地向各層級各單位的聯絡報告，確實是很麻煩的差事。我聽得出來，在電話那頭的語氣，輔導長透露出一種「我被騙了」的挫敗感。

對不起，我也沒有說實話。

*

「以後如果我當學長了，才不會這樣對學弟。」

在F到部當天運動時，因為遭辱罵而崩潰，我領著他去輔導長室。整個輔導長室內只有我們兩人，我耐心聽他訴苦。外頭大家嘻鬧打球運動的聲音滲透進來，那聲音這麼明豔活潑；相對之下，F的哭聲愈顯乾癟。我一方面傳簡訊向在外開會的輔導長報告始末，另一方面就是這樣坐著，緩緩地慰問著他。我說的那些，不過就是如何適應團隊生活，長官學長也不是真的使壞，剛開始辛苦以後有學弟進來你也不辛苦了。

去洗把臉吧，別哭哭啼啼了，馬上就要去吃飯了。F走進輔導長寢室內的浴廁，我依然呆坐在位置上。當下或許心緒煩躁，或許也沒特別想著什麼。就突然一個念頭閃過：怎麼安安靜靜的，洗個臉怎麼這麼久？側身往裡頭一探，竟看見

F拿著蓮蓬頭的水管纏著自己的脖子。

一瞬間我嚇傻了。

可是就在這麼個傻住的時刻，身子還來不及挪動，心中竟然起了一個又是疑惑又是邪惡的念頭：他到底在幹嘛？我分明看著他拿水管繞著自己的脖子，但一點也沒有纏緊，水管與他的脖子還留了好大的空隙，與其說是纏繞，反倒像是粗粗大大的項圈那樣戴著。他嘶吼著，哭喊著，但也只是作勢。他的手只是握著蓮蓬頭，他根本沒有在用力。

我不記得這樣的觀察是不是很久，久到他眼角的餘光竟往我這瞟了一眼。我也作勢衝了進去，沒有激動，只是輕輕柔柔地說，你到底在幹嘛？然後將水管從他的脖子上解下來。他很快移開目光，也沒有反抗。

我們重回座椅上，之間橫陳著巨大的沉默。我定定神，試探性地說出「別這樣，你應該沒事吧。」我不確定他是否有聽出這不是一句問候，而是一句警告？只見他低著頭坐在椅子上，眼光又往這瞄了一眼，又立刻閃過我的目光。難道是錯覺嗎，我似乎看見他嘴角不止抽搐然後微微上揚。

在F短暫停留於連上的幾日內，我是與他獨處最多的人。然而在我面前，他不哭也不鬧，甚至目光不曾和我有任何的交會。我害怕極了，不是害怕他會出事，而是害怕他會不會根本沒事？大家都說他在裝死，這我懂，在團體生活中，但凡誰出現一點身心狀況，就免不了遭受沒有根據的臆測。那我也說他裝死，還會有人相信嗎？

我確實也曾假意地順著當時渾沌不明的情勢，刻意在連長旁附和了一句，是不是在裝啊？倒惹得士官長瞅了瞅我：唷，待退的學長就是不一樣喔，開始會噹學弟了齁。

好吧，老兵八字輕，請立即展開防護機制。

最佳的防護，是防著個案護著自己，我們得在最短的時間內與F畫清界線。終究我與連上的長官的想法並無二致，如果把F交給更高層級或是專業的醫療單位，他們會負責做出更好的決策與診斷。

裝死，大概是為了求生吧。

輔導長聽完我的故事是這樣子感嘆的，至於我，很慶幸不需要再如此說服自己。

*

那一次晚，我們的話題停留在最後一次去探視F的時候。

我說我只記得他整張臉貼得好平好平，鼻子、額頭、還有腮幫子，死死地黏在玻璃上。他的神情呆滯，往這看來，彷彿透視了我。那樣的眼光遲鈍、空洞、渙散，嘴唇還不時一開一闔，像是在說著好險，又像是在說著謝謝。

——完稿於二〇二一年夏。

那降落的姿勢

週末連假春意冷峭，一早出門感到長風陣陣，這季節的脾性捉摸不定，忽然的憂鬱卻相對添了幾分涼爽愜意。車行經過新生南路與辛亥路交叉口，紅燈待轉，又是一陣密密的風綿綿而來，行道樹竟隨風飛散了落葉片片，那降落的姿勢，如同千百傘兵續續登陸的英姿，斜斜地，也許是四十五度，訓練有素，安全著地。

都說，最像秋天的就是春天。飛花與落葉，下降或翻飛，俱堪美麗。

自小，我便喜歡落葉。我喜歡落葉騰降翻滾的姿態，千千萬萬，如雨一般，有時是春末了，有時是秋來了。剛開始地面還不甚多，風一陣陣不停地吹，那委落在地的，一股勁地順著風的方向，嘶嘶沙沙，磨礪著粗糙的地面。與風平行的視野，可以看見前方的幾叢奔騰不止，又一個停頓，後方的卻跳越而上，像是在越野賽跑的競技場上，趕著奔向歡騰的終點。偶爾，還有那三五成群的，與風爭執糾纏，大越虛空，自顧自地上上下下。整個畫面看起來，就是熱鬧。

落葉積得厚了，又安安份份地疊著。行人走過或是自行車輾過之時，那悶脆的聲響，有的乾，有的濕。但無論如何，踏在那上面，總是比冰冷乾硬的磚道更添幾分情致韻味。我總不明白，落葉實在也不礙人，何必要清掃呢？踩在軟厚的落葉上，再名貴的氣墊鞋，也沒這麼護腳。

但我們總是得掃地，從國小配派到外掃區時，拎著張牙舞爪的竹掃帚，在畫定的打掃區域，「掃——掃——」的一陣陣的聲響，把落葉兜成這一落那一落的。只要夠乾爽，每次我總想像著像浪漫連續劇裡頭的場景一般，捧著厚厚的落葉，往上灑、再往上灑，我複製對於無邊蕭蕭落葉的想像，就算副衛生股長會向老師告狀，我就是覺得好玩，覺得漂亮。

浪漫，是一種寂寞的品味。在國民小學是這樣，在軍中更是。何況身為國軍，已經不似兒童那樣可被允許任性。修飭性情如芟剪花樹，那紛紛凋落在連集合場上的，還得每天早上集合點名前，由新到部學弟全副武裝地捧著竹掃帚，掃——掃，總是聽到那刮刺的摩擦，才覺得一天開始了。

比起連上的其他公差，我更喜歡掃落葉。哪怕後來我也成了學長，這種瑣碎的事情自有人該打理。但我也還是總愛趁著空，找上隨便一位新兵，陪著我一起把連集合場的落葉攏在一起。連長說，掃起來的落葉，我們就倒進花圃。任憑化作春泥。

軍中的那一年生活，過得異常忙碌辛苦。過多的業務量壓在我的身上，加上例行的訓練與任務、裝備抽檢，時不時還要應付連上幹部的百般刁難。在退伍前三個月左右，我才因疲累過度參加忠烈祠春祭任務當眾暈厥，不久後，又在準備出任禮砲任務的同時，被要求代表營上撰寫紀念古寧頭戰役的論文。身心俱疲之中，連上士官依舊苛求我種種的訓練，一時之間，精神大受打擊。

我滿是委屈與憤恨，勉強撐過了那一陣後，某天放假，同樣的春末，陰陰鬱鬱的天氣，我恍恍惚惚散步在陌生的路途，跳上陌生的公車。車輛隨著陌生的路線行駛，我調伏心情，整理思緒。在那時我心中尖刺著種種不平與仇怨，既恨那些仗勢欺人的士官，也埋怨直屬軍官的懦弱無能。

空空落落的眼光輻散車窗之外，心裡大約想著什麼，也許一無所思。忽地撩過視域，我見風乍起，幾叢業已枯黃的脆葉，翻滾而上，相互繾綣，直到三、四公尺高。風未停，枯葉兀自與風糾纏、隨風搖擺，竟成了灰階的城市，一道鮮豔的美麗。壅堵的公車依然緩緩而行，我的臉頰熨貼在大片的車窗上，用力擠壓著抬視的眼光。嬉戲的枯葉，調皮得像輕盈的蝴蝶。

我就笑了。被人捏緊枯皺的心，疼痛到密不透風的胸懷，忽然喘了好大一口氣，舒活了過來。

至今我仍不知為何那一幕竟然讓我有莫名的輕鬆與喜悅。

大二在羅璐老師的「佛學概論」課堂上，看過一部電影《無涯歌》，內容講述元曉大師的修行故事。我對佛學的修持淺薄，對人生的體悟恐怕也欠缺。可是電影的最後一幕我卻依稀有了些感觸——記得是元曉大師的兒子來找他，元曉大師要求兒子清掃寺院外的落葉。在俯瞰的鏡頭下，掃——掃——掃——，終於把散落一地的落葉兜攏成一堆了。

電影播到此處，我早已明白其中寓意：煩惱如落葉，想要盡除，談何容易？果然，元曉大師的兒子說：「掃完了。」卻見大師緩緩走去那一堆落葉中，隨手又抓了一把，灑落在庭院中，反問他：「真的掃完了嗎？」影片就結束了。

不是這樣的。觀影的當下，我心中也導演了最後一幕。

元曉大師直立一隅如如不動，而清風徐來，吹得大師的衣襬抖振款款。庭院矗立的樹，依風緩緩，緩緩飄散，飄散落葉片片。大師悠悠地問上一句：「真的掃完了嗎？」如此，豈非更能顯現出人生煩惱是如此自然而然，難以輕易規避？又或者，何妨風飄萬點，任憑那委地的由四面八方散去，再看那紛紛墜落，斜斜地、也許是四十五度，大師帶著我們觀那降落的英姿，神情遙遠，一個轉念，煩惱就是菩提。

——發表於《人間福報‧副刊》，二〇一四年五月二十九日。

山城小講師

那是一個很偶然的機會，收到明順助教的訊息，山城的I校在徵求兼任的國文科教師。轉發的訊息寥寥幾語，很多都是事後才懂得，譬如可以立即辦理講師證。當時，我才剛從樹林的S補習班辭職，帶了一年半的課程，忽然要離開，那時只是因為從三峽搬回了景美，跟補習班找了個藉口說自己要回學校教書，果不其然沒多久，就收到了I校的排課通知——請帶領三本碩士論文與九千元審查費。

彷彿某些暑假打工可能設下的陷阱，還沒有收入，先得繳一筆制服費或仲介費。然而，這卻是名正言順、正正當當的審查，我的講師證審查未免來得太容易，直到後來明白有許多學校不辦理教師證審查，或是至少要求老師兼任四個學期以上才能辦理審查，I校的禮遇，是感謝我們還願意奔波這麼一趟。

遙遠的北都，以後我來的眼光視之，覺得這樣的通勤真的並不簡單。可是當時才博一的我，彷彿自己進入了大專院校擔任兼任老師，就可以無限上綱安慰自已成為大學教授了。讀博班的，有多少人不期盼有一天能夠躋身學殿，成為名正言順的教授？只是未來渺茫遙遠，有了小小的講師的職缺，領鐘點的，還是讓自己頓時得意了好一陣子。

紅色的客運在公路上甩落山壁與市影，轟隆轟隆，整輛車發出巨大的共鳴。從最近的捷運站上車，一路往上，每每經過向北的最後一個隧道後，豁然開朗，我總有迷津誤闖桃源之感。我一路算數著路程與時間，太過真實的喜悅往往顯得扭曲而虛幻——就像是大學第一次找到在新莊的一間補習班擔任作文老師，接到面談後一路飆車從三峽奔馳到新莊，繞進巷弄間橫衝直撞，花了40分鐘的車程。當時完全沒有經驗的我，為了把握得來不易的工作，不斷地表露自己的熱忱，才40分鐘而已，我騎車不怕遠。談了一個250元的時薪已足以沾沾自喜，也不是沒有閃過自己可能成為名師的念頭。

這是出社會很多年後我才意識到的特質，對於謀職這件事，我並不很有自信。所以對於得來的每一個工作，都視為珍寶，不敢輕易放棄。遠一點也無妨，便宜一點，也沒關係。這確實在往後的職涯上奠定了難能可貴的經驗，不過當時，我也只是想把握一個能夠兼任大學的教職。

過沒多久拿到講師證時，內心有一種說不出來的惆悵。好像有了這樣一張A4的證件，自己的身價又重了一些？卻又不得不覺得悲涼，多年前范老師的訓示早就提醒，我們是如何活在一個被符號架構出來的世界當中，薄薄的一張紙，替代了我某部分的真實。尤其在往後來幾次求職中，這張講師證成了別的學校兼任的基本門檻，直到那個時候我才特別覺得，當時的九千元審查費，花得應該。

報到的那天，我在批踢踢博士班看到一位流浪博士的文章，敘述著這個少子化的世代，博士求職多麼地艱辛。他說到了某個偏僻的學校面試，聽著其他求職者如何奉承著環境清幽雅致，再是簡僻的環境也被說成天堂，看得我心驚膽戰，我是不是在經歷了漫長無盡的階梯爬坡後，回頭俯瞰來的路，根本也覺得其實怎麼樣都好，在這個年代這樣的困局中，只要能夠給我一個專任的教職，怎麼樣都是情願的？

老師總是安慰我，放心，你沒問題的。

只要夠強，你就可以找到教職。但是怎樣叫做夠強呢？大家都說找到教職就是夠強。

我不願意尖銳地再去探詢陷入無止盡的邏輯困境。因為我想到聲韻學課堂上，李添富老師說林語堂批評黃侃的用語——乞貸式的循環論證，而偏偏我總一直聽成「乞丐式」。

恩啊，工作何嘗有聘請的意思，更像是乞討來的吧？也是報到的那天，I校的通識中心人員非常客氣地說。「老師呀，不好意思喔，我們學校的學生比較活潑，上課可能會動來動去。」

動來動去？我想像著一群坐不住了學生，窩在自已的課桌椅下，蹭來蹭去，像是身體長滿了蟲。動什麼動，你身上有蟲啊？小時候老師都是這樣子罵我們的。只是我沒有想到這個山城裡的孩子，他們上課的「動來動去」，是真的「動來動去」。

成為山城的小講師，我的課才正要開始。

——發表於《金門日報・副刊》，二〇二一年五月三十日。

叫賣

也是報到的那天，I校的通識中心人員非常客氣地說：「老師呀，不好意思喔，我們學校的學生比較活潑，上課可能會動來動去。」

我開始知道這不是客套的話之後，決定買了一個隨身的小蜜蜂，別上腰帶，彷彿姑丈與姑姑年輕時候別上了一個霹靂腰包，在碧潭橋下奮力地叫賣水果。

我也在賣，叫得必須比學生更厲害。

因為底下就是一室的流動攤販，所謂上課動來動去，已經不是小朋友坐不住摸來摸去，身體有蟲啊你？他們與我間隔一個講台，其實沒有幾步的距離，可是彷彿像是看著電影一樣隔著一道看不見的螢屏。

多年前我在南陽街的補習班上了一堂趙御荃老師英語發音的課程，老師生動活潑又正向勵志的課堂風格，立刻圈粉，讓我成為她的小粉絲。只是有一天課前，與隔壁桌偶然認識的台大男聊起來，他揚著英挺的眉毛抖起一邊的嘴角讚賞著：你不覺得聽她的課就像是看電影嗎，都可以拿著爆米花開吃了。

喔，我終於明白為什麼這樣的讚賞聽起來那麼刺耳，我甚至都不確定是讚賞還是諷刺。

課堂怎麼可以像是電影院呢？如果一個上台的老師能夠講課講得像是電影一樣盪氣迴腸、高潮迭起，卻是隔著一層看不見的幕隔開了台上台下的兩端，那麼這場課再精彩也缺乏交流。

可是我到底要怎麼跟底下的同學交流呢？拿著小蜜蜂，我沒有了麥克風的限制，可以走入學生之中，我以為只要能夠走入學生之中，就能夠交流。然而整個課堂，我彷彿是不存在的人，底下往來流動依然，他們聊天、睡覺、吃飯、打手遊。他們無視於我的存在，只是活在自已的慣常的世界之中。

當然，有更多的時候這奇異的感覺是倒過來的，彷彿我才是觀眾，他們才是劇場。我天真地以為走進台下，會打破德尼・狄德羅（Denis Diderot）「第四面牆」，卻依舊只是隔著間距窺視他們的課堂作息。

左手第二排第二位，併排坐的是一對情侶。男生總是在睡，女生總是在聽。這是不知為什麼，他們上課到了某個時間點，女生會把男生搖醒，然後兩人輕啄接吻。那速度快到有時我來不及意會，男生便又趴了下去。只能在暗中細細度量測試的我，終於發現，原來古典詩詞中太多愛別離與求不得，但凡老師稍作延伸，談談世間愛情的各種歡戚離合，女生搖醒一臉惺忪的男孩，不厭其煩地問著：你愛我嗎？

吻的速度快得讓年輕的學子暈眩，但最後排的哪一群男生散發出來的氣味也讓我招架不住。

我才寫著板書，看著幾名在後方尬聊的學生，咀嚼了滿嘴通紅的汁液，才決定扳起臉孔斥問，卻被學生搶了個先機：巧克力啦！訥訥無語，我回頭繼續講課，相信學生相信學生，當老師應該要懂得信任學生，才安撫著自己的怒火，卻感受到一股濃厚的味道瀰漫著教室，只是悄悄聲地問前排的同學：你們有聞到檳榔的味道嗎？

全部去給我吐掉！再是生氣，也只能假裝沒有走心。帶頭的於是從底下撈出一袋紅白相間的塑膠袋，滿滿一袋檳榔汁，你一口呸我一口呸，上課竟然吃檳榔？

我呸！

某位學生上課的時候不知道是搗蛋還是惡意，竟然趁著數學老師轉身寫黑板時，拿著打火機燒起了老師的長裙。據說，長裙易燃，這把火燒到學生被以公共危險罪起訴。當然，這是報紙上寫的。每一場光怪陸離，都成了茶餘飯後的笑話。

另外一件倒是我親見的。我是說自從媒體爭相報導延遲入伍的M星，轉讀此校後，註冊開學期中考等，校門口總圍著一大群記者。他們不看好，他們唱衰，他們要看著M星最後還是撐不下去退學或休學，也果然如了觀眾的願。

這或許是山城的日常，從不尋常。從一週一次到一週兩次，每每登台之時，我都能夠感受到台下一股暴風逐漸摶斂迴旋，很多時候我所賴以支撐的，只是極少極少的，渴求的目光。

轉開腰際上的小蜜蜂，沽之哉沽之哉，吾乃待價而沽、買一送一、加一元送一件、湊滿四九九打八折也哉。

——發表於《金門日報・副刊》，二〇二〇年九月一日。

老講師

這是G老師第二次開口請託了。

G是I校通識中心的國文科召集人，負責排課事宜。在我來到I校兼任一個學期之後，我又在學校的網站看到公開徵求別的時段的老師。最起初，通識中心也是願意給我兩個時段的，只是當時把這份工作看得很重，所以不敢貿然答應，只接了週五的一個班。如今卻因為有著不得不然的經濟壓力，遂主動去信向G老師請求爭取新的釋出時段。

當然沒有問題，只是呀……。

G老師的回信中，舊事重提，一時之間我倒不知道該怎麼回應了。

那是上學期第一次應聘之後，來到了山城的I校開會，會議中國文科的老師齊聚一堂，由通識中心簡單地介紹與宣佈本學期的重要教學事宜，我聽著入神，旁邊的G老師偏過頭來說：你有機會的話把不要的論文送一篇給我……。一個恍神，我點點頭致意，心想大約是希望我致贈一本碩士論文吧。當時碩士論文剛好重印送審，另一方面前此也曾將碩士論文正式出版。我還在心中琢磨著還是送一本正式出版的，比較體面些吧？G老師卻繼續講道：「……反正你讀博士班應該很多課程要寫報告吧，如果有寫得差的你自己沒有想要投稿，就送給我一篇吧。我跟你保證，只要我在位置上，你要排課絕對都沒有問題。」

通識中心主任依舊在會議中排佈事宜，我覺得覺得腦門盡是嗡嗡嗡嗡的共鳴，根本什麼也聽不進去，我從來沒有想過在學界竟會有人對我做出這樣的請求。

「時代不同了啊，」G老師說——若是跟我論資排輩起來，他還算是我的老師輩。檯面上叫得出來的幾位老師，跟他當年都是同班同學——「當年，我碩士才畢業，投個履歷出去，有八家學校要聘我，那個時候哪像現在這樣的落魄呢？」

可是這二十年來，廣設大學的副作用，將當年許多優質的專科學校一併成了技術學院，而這些技術學院與五專，整體的素質卻越來越低落，加上少子化的影響愈來愈劇烈，校方不得不開始要求這些長年安逸的老師繼續升等或是優退。

「我現在哪還有能力做研究呢，都多少年沒有寫論文了呀？」孩子尚不足以獨立生活，G老師也有現實的經濟與工作壓力，為了應付學校節節逼近的評鑑要求，才鋌而走險向我提出這樣的唐突的提議。

或許，險不險還得看自己有沒有意識到這件事情的重要性，然而我卻覺得無比的悲涼。在往後的生涯中，確實也不只一次聽見新科博士的嘆息，有多少佔著位置的專任教授已經不具有了學術研究的企圖與能力，然而卻把沉重的研究、教學與行政的負擔加壓在每一個求職者身上。僧多粥少的大學教職，沒有一個人敢對自已被賦予的期待說不。但是這些卡在位置上垂垂老矣的教授們呢？

年輕的時候，我曾經嚮往著那樣銳意進取的日子，渴望優勝劣敗的競爭，要我輸得甘願，那就得來一場光明磊落的大風吹。我總看著自己系上的老師們，他們有沒有持續精進教學？有沒有持續研發教材？有沒有繼續創作或發表研究論文？正好也是那個時代，大學評鑑制度興起，教育部雷厲風行地評鑑與審查並限期升等，許多老師應接不暇，也苦不堪言。能力強勁的老師固然一派從容，卻也不免有些仗勢欺人，瞧不起無法繼續研究升等的老講師。

只是，我忽然覺得悲戚，並不在於對於新進人員無法覓得穩定的位置，也不在於對於許多失去研究教學情的老師卻無法挪步。這是一個資源有限的山村，難道要由一代代新進的研究者，將衰頹沒有生產力的學者揹入深林或莽原中嗎？《楢山節考》給我的驚懼，卻讓我對眼前的G老師與我所處的時代，有了很多的慨歎與同情。

G老師果然把課給了我，當然我並沒有答應那個請求。但為了答謝他優先排課給我，我確實做點功夫——找出G老師當年的碩論題目並且觀察這幾年來開課的主題，設想了幾個可以研究的方向。我直接地告訴他，這樣子違反學術倫理不應該做，倘若真的有發表論文的壓力，或許我可以成為一個助手，讀讀他的論文，不一定還能給些意見。

G老師沒有任何的不快，回信致意表達感謝，謝謝我直言勸阻，也替他設想周到。只記得過沒有多久，G老師果然就從I校退了下來，退休的過程是不是還有些不情願，當時我也已經離開，只是依稀從Facebook上的宛轉猜測，那些山城裡諱莫如深的秘事，如今想來也雲淡風輕了。

——發表於《中華日報・副刊》，二〇二一年八月二十五日。

講課

沉下的嗓音，乾燥但好聽。貪小便宜買了支太侷限的麥克風，在殘缺的圓周一隅，老絆著自己，腳跨過來，又轉過去。低頭整理打纏的步伐，聲音沒有中斷。可是，我仍在從容中惶恐、緊張，又以緩而不停、優雅不迫的速度，修剪慌亂。

「其實文學就是以一種特定的形式表現……」特定的情感。

我到底在說什麼？瞄一眼備課筆記上的小抄，話題根本從預計的輪廓象限發散。還有二十分鐘，這一堂課我似乎已拿起手機看了五遍了。怎麼了，怎麼比學生更盼著下課？明亮的課室在外頭陰闇的雨暮中更顯刺眼。大多學生依然聽著我講課，學生就只是聽著，我也就只是講著。

隨時都會中斷，像是那台儀表板壞掉許久的摩托車，總在趕赴特定的約會時，噗噗噗，噗噗，噗，噗噗，油門緊催，卻似乎催不到油。才知道沒料了，憑著斷斷續續的氣回盪，勉強還能再走一點，只一點點。加油站也許在二十分鐘後的地方，噗噗，噗噗噗，噗，此刻的喉嚨是隨時斷氣的機車，我依舊滔滔不絕，可是心裡明白，身為一位教師，總有那麼幾次，我講著講著，不知道自己該怎麼再講下去。

台下的學生，有的人忍不住偷偷地低頭，有的碎語閒話，我感覺得出來，雖然大多數的人望向講台，但這課程進行到此，卡卡的，有點乾。彷彿一個過長的笑話，笑點遲遲沒有爆出，聽興闌珊，講的人又不知道如何收拾局面。我，站在前方，正當我感受到所有的氣氛逐漸指向這是一堂枯燥的課時，再怎麼懊惱自責，卻特別仔細地感受到從我胸腔乃至喉頭，一股又一股氣流如何綿綿不絕均勻地將我的字正腔圓推送到教室的最底端。

他們說：很少遇見咬字這麼清楚的老師了。

我習慣地看著台下的同學，試圖不要偏漏哪一個角度，看看那孩子們的神情，繼續算數的下課的距離。麥克風困住了我的身影，我卻不肯鬆手，畢竟調整屢屢被纏結的情狀，一直足以掩飾許多，似乎所有授課的遲疑或停頓都有了理由。便是如此，這或許是一堂準備不夠充分的課。可是他們身為學生，無論聽課不聽課，是不會明白的。當年在我也是大一新生時，怎麼會想到教授上課也是需要準備的？不就是應該學富五車、學有所長嗎？不就是應該上台談笑風生、揮灑自如嗎？事實上，所有設想的理所當然，都理所當然地那麼不可設想。

我時有停頓，假裝在思考，假裝是上課的一個突然凹坎的節奏。低窪陷落中，往往班上會因為突然的靜謐而更顯靜謐，所有延展至課室的每一偏角的寂寂都流向我，流向寂寂的窪穴。誰也不敢發出聲音。所有分心的人全部回過神來看著我，然後我注意到了，一雙眼睛，在遠遠的教室的那一方，不斷左閃右閃，那人亟欲撥開前排同學高挺的身影，望向我。

我望著那人，那人望著我。

電光火石的一瞬，所有世界運行的速度與節奏沒有改變，靜者恆靜，動者恆動，聽課的依然聽課，但我心深處忽然於種種概念分析與學術名詞的一片茫茫無涯際中，開出一朵生動的花。

沒有什麼特別的改變，至少外表看起來，我的聲音我的動作我的肢體語言。但所有細微的挪動，歷歷分明。餘外的所有種種彷彿瞬間黯淡，眼神交會之際，我坐在桌上，腳蹬著椅子，口氣更溫和了些。那是與朋友在一個無所事事的週末午後，因為一場突來的雨，我們躲避在迫促的咖啡館內一隅，我想著了什麼，說著了什麼，他只是聽著。

就這麼聽著，就這麼不斷地在此間的身影搖曳中鑽來閃去，唯一如如不動的是，我望著他，他望著我。

我不那麼慌張了，我不再覺得自己備課不夠充分，不再想著什麼時候下課。反而內心偏私地好惡分明，就那麼一下子，我總以為是在對特定的那個人講課。

我只講著，他只聽著。

也曾幾度想要越過講台、越過走道、越過所有的漫不經心或喧囂紛擾，一意走向……

然後，噹噹噹噹，當所有的思緒在那意念流轉的小宇宙兀自輝煌，鐘聲響起。

「下課！」

眼光對視而構築的結界，在那特定次元交纏流動的種種一切，轟的一聲，「老師再見」。

——發表於《中華日報・副刊》，二〇一四年五月一日。

擦黑板

自從當了老師之後，日子總與黑板撞在一起，尤其四處兼課，慢慢地竟然開始留意不同教學單位的黑板整潔與材質。

每週五早上固定在亞東科技大學講授國文，早八的課堂，對於大學生而言總是一陣煎熬。通常上課鐘聲響起，我也不會立即就進入主題，反而是迴過身去開始清理板擦，然後老老實實地擦起黑板了。並不是說黑板留下了前一晚的課程筆記（黑板早已被擦拭完了），但是厚重的粉塵殘留在板面上，留下一道又一道混亂不規律的軌跡，所以我必然會利用三五分鐘好好清理一遍，也是一方面等候學生入座，並在心中順順講課的節奏的步驟。

在還沒有讀大學之前，對於大學充滿了許多神聖的想像。高中的國文老師游雅婷曾經在課堂講過一段軼事，未知是否真確：當年她還在台大中文系就讀的時候，某一位知名的教授進到教室，見到黑板還留有上一堂課的板書，教授頓時留下了話轉身回到了研究室。待得同學清理完黑板後，才由班代去請教授回來上課。

那個年代聽到這樣的大學生活，不但不會覺得教授擺姿態，反而在心中對於大學教授的權威添上了幾分想像。但如今執教上庠，走進教室看到上一個班的筆記其實並不是什麼稀罕事，也未必真覺得有什麼不敬。前兩年在中原大學的時候，某一堂課分到了工學院的教室，每次進去，看著黑板上密密麻麻留下前一天的英文、數學、或工程圖筆記，實在是陌生得很，不過這陌生當中竟然有一種奇異的美感，拿起板擦一邊擦拭一邊解讀，啊，這單字我認得，哇，這電路配置圖畫得好漂亮。心中不由自主讚嘆著，其實也是挺新鮮的。

擦黑板是一門工夫，這事我國中就知道了。那時的數學老師林榮福，就是一位擦黑板擦得非常有節奏與次序。他一定從黑板的左邊開始由上往下直直地擦下來，依序擦到了黑板的最右邊後（過程當中還必須換不同乾淨的板擦），最後再把黑板上下方的「天」、「地」給「收邊」。如此下來整個黑板看起來就光滑明亮，非常清晰。

這總會讓我想起兒時的塗鴉——小時候拿著彩色筆在剪貼簿上畫畫，總是一個勁兒的上下左右亂畫，最後留下來的圖案總是東殘西缺，還餘有很多填不滿的細碎空白。某一次看到哥哥拿著彩色筆，有條有理地從上到下、或依序從左到右慢慢地填滿顏色，我突然發現彩色筆這樣畫竟然能夠得到像是水彩般的勻暈效果，非常喜歡。

也正是每當全班同學讚嘆老師嚴謹的工序與態度時，老師便說我們沒見過世面。他說，等我們上高中，到了台北車站附近的補習班上課時，就會發現補習班的黑板有學校的兩倍大，光是擦黑板，就會有專門負責的「板哥」，那些集塵的板擦一箱又一箱，當然也不可能如同學校用板擦機來整理，而是直接拿到一旁用吸塵器清潔。

上高中耶，那時一定覺得考上理想的高中是件很得意的事情吧。

竟已經是廿年前的往事了。

我好像就是那個時候愛上擦黑板的吧，所有的次序與節奏都是向數學老師學的。看著殘留的板書或粉塵，依序清除，彷彿也逐漸沉澱自己的思緒與心情，漾出一片的黝黛碧綠，收好天地，我們上課吧。

——發表於《人間福報・副刊》，二〇一九年二月十四日。

監考

入場後三十分鐘始可交卷。他總愛觀察學生答題的狀況，很多時候，不用一刻鐘，考生已陸續就睡。這時只剩他往來踱步的聲響，時間在每個腳印的間距中流連嬉戲。他推想只要三十分，學生大概就通通交卷了。

二十九分是最耐人尋味的時刻，他會偷偷在心中倒數，接著，三十分了。但他擔心時間不準，若提前讓學生離場總是不好。這時總面無表情的放空，台下的考生早已清醒，有的在摺考卷、有收拾文具、最明顯的莫過於筆袋發出「科滋」的拉鍊聲。

到處都是瑣碎的小聲音，瑣碎中有一種浮躁，伴隨著考生的眼光射向台上的他。他是安靜的，他豎耳偵聽，隱約從遠方有一團又一團的風暴成形，他宣布：可以交卷了。

立刻，教室炸開了。眾人一股腦衝向前，伴隨聊天閒談，會有那麼一陣子喧囂。他不介意，只要不是太超過，一會兒，他必然關上前後門，阻擋賴在走廊的吵嚷，整理完考卷就可以提早回家了。

今天下午這場卻不同。

當所有的考生離去，教室一片明亮空白，唯獨一位尚未交卷。再等個兩分鐘吧，也差不到哪裡。才這麼想個幾次，十分鐘就過去了。

別的教室已經換了下一場考科的學生，而這裡，玻璃窗外反覆熨貼這一張又一張馬賽克的鼻子與雙頰。外頭的人向裡頭張望，他則是心向在外，總覺得好可惜，已經過十五分了，本還想著可以提早離開。

考生專注在自己的世界，不知外頭的紛擾張望是否影響作答的判斷？都說等待會消磨人的耐性，但他漸次升起的不耐，在時間中澎大，又在時間中萎平。

他想眼前安寧的景象是不是也曾是自己過往振筆疾書的情境？總希望知無不言，言無不盡。才想到這，好奇心便隨著立可帶卡滋卡滋的齒輪運轉而動作。他拿起一分空白試題瞧瞧，是怎樣的題目讓眼前這位學生反覆修改論述？

全是選擇題。他眨眨眼，不可思議。

這就更好奇了。他頑皮的性子又來了，站起身，憑著在講台的高度偷偷觀察考生的作答。

說來怪異，這學生一直重覆回答第23題，填寫了，又拿筆選起題幹的關鍵字，卡滋卡滋，又塗掉，換另一個答案。他悄悄看了會，學生一直在B和D之間改來改去。卡滋卡滋，卡滋卡滋，立可帶反覆作響，還蠻是清脆。

鐘聲響起，鐘聲終於響起。考生嘆了一口氣，他也嘆了一口氣。

抽出其他考卷，將最後一張安放於上。他看不懂23題，只是在指梢點數考卷的時候刻意瞄了一眼，大家幾乎都寫A。

這會是正確答案嗎？

——發表於《中華日報・副刊》，二〇一四年二月二十八日。

——那是一種穩定的中樞位置，表象卻顯示了一種類似優游戲弄樣態，在那遊戲之中卻又具有批判，卻不偏執於闇不自見的世俗價值——

別調

調度與調笑：讀馮翊綱《弄》

二〇一七年三月下旬，相聲瓦舍的馮翊綱、宋少卿、黃士偉在新北藝文中心首演《弄》。接著馮翊綱馬不停蹄地受邀至各校以「因為我沒空」為題演講。在臺北大學的演講中，馮翊綱自述美學涵養領受，標舉了幽情、幽玄與幽默三個概念，進行仔細的爬梳整理。然而，比起他說學逗唱的功夫，更令人印象深刻的是在演講之前，他公開呼籲，演講當中不可使用手機私下攝影。這原本是國民基本禮儀，但馮翊綱特意強調，顯然是過去經歷過許多並不禮貌的對待，而這正是在劇本《弄》的後跋〈一百根稻草〉所列舉各種會被「弄」的情況之一。

劇本《弄》，除去序跋外，可以分為四大部分，依序為劇本上半場、原創故事、劇本下半場，以及一篇附錄〈得其環中　以應無窮——【相聲瓦舍】創辦人馮翊綱訪談錄〉。劇本上半場分為〈【一】會〉、〈【二】媚〉、〈【三】櫃〉、〈【四】累〉、〈【五】罪〉、〈【六】磊〉、〈【七】睡〉七段，書載此完成於二〇一六年夏天，並且入圍臺灣文學館的「劇本金典獎」，同年秋天完成了尾段〈【八】鬼〉。相聲的主角三人名稱，分別命名為千呼、萬喚、青衫，顯然是由唐朝詩人白居易〈琵琶行〉而來。對於相聲人物的命名一事，馮翊綱在訪談稿曾以「擬角色」表述其特質：

> 在【相聲瓦舍】的作品中，傳統的對於捧逗的描述並不盡然能套用在我們身上。如果把捧逗做為行當可能會限制創作，我尤其不喜歡那種「A、B」，「甲、乙」的稱謂，太冷酷了，簡直不負責任。曾經有一段時間，我是直接用「馮翊綱」、「宋少卿」和「黃士偉」的名字，但是又覺得，如果以後有人要繼續搬演我們的作品，那麼這些名字是不是又妨礙想像了呢？所以既要有創作特色，又要給作品留活路，……這是介乎「演員」和「角色」之間的「擬角色」。當然，也許隨著以後的創作，這個觀點也有可能被推翻。（頁222）

上半場的段子，比較鮮明的主題在於〈【三】櫃〉以同志出櫃當作哏，將同志的故事放入捧逗呼應的故事中，〈【四】累〉則是以幻化成人形的兩隻鴨子，諷刺一個「做人很累」但「吃人不累」妖怪（這個段子馮翊綱在臺北大學演講時的即興表演中，將兩隻鴨子描述為一藍一綠，顯然諷刺藍綠政黨的意圖相當明顯，但劇本的彈性更大，不拘於此種詮釋），有意思是的是到了〈【七】睡〉，設計了一段重述前面故事的段子，只是利用了各種濃縮、改造、錯謬而營造效果。

對比於劇本上半的粉墨登場，後來完成的第八段〈【八】鬼〉，在風格與題材上似乎有明顯的差異。首先我們可以明顯地看到〈【八】鬼〉比前面七段用了更多的時事哏，藉以嘲諷世局。「從按錯飛彈鈕」、「點錯小數點」、「放錯颱風假」、「選錯執政黨」，乃至不斷重複司法判決以「有教化之可能」作為輕判的理由等，其次〈【八】鬼〉的文化知識素材較前七段密度更高，從後台有許多禁忌談起，舉凡相關的文化掌故、田都元帥的故事、後台的喜神等。徐亞湘為此書作的序文〈田都元帥在天上的新舞臺演唱〉，顯然也是扣緊著下半場的內容而言，足見下半場的內容與上半場有明顯的不同。

相聲劇以台上的演員的一捧一逗，取樂於觀眾之際，如果另外有比較深刻的知識傳遞或文化反省，可以說是為作品的價值錦上添花、更勝一籌。相對於傳遞特定的文化知識，對於時事的嘲弄戲耍，當然是一種容易誘發觀眾興趣的哏。但是，「首先，『時事哏』其實在我的作品中並不佔多數，因為它過了一定的時間就沒辦法再用了」（頁227），時事哏最大的局限性在於受限於具體的時空，時事風潮一過，要嘛觀眾已經忘記當時的事件，又或者這樣的事件已經不具有魅力。而且不同的時事議題中，還有各自不同的強度。「從按錯飛彈鈕」（雄三飛彈誤射）比「點錯小數點」（兆豐金洗錢疑雲）似乎更清晰持久（這當然也跟當時的媒體效應以及閱視人的專業素養差異相關），但「選錯執政黨」這種相對泛論的政治批判與「有教化之可能」的反廢死議題，似乎又更能夠獲得更台下更多觀眾的「知道」。

當然，「知道」時事哏、「理解」其笑點與「認同」其價值，並不是能夠輕易等同的。譬如以「有教化之可能」輕判，當馮翊綱能夠以此當作嘲諷的笑料，或許已然預設底下的觀眾會覺得這件哏有效果。這或許也預設了在現在台灣一般民眾對於司法的不信任以及對於廢死主張的懷疑或排斥。當「有教化之可能」成為一句諷刺台詞時，這是否能夠代表劇作家對於此事的表態？又如同〈【三】櫃〉以兩個gay的故事開頭，那說笑逗言詞之中，對於青衫的台詞「自開天闢地以來，世界上原本只有gay，多麼完美、多麼和平。但是有些人墮落了，追求外觀上的差別，刻意分化出陰陽，故意製造了不平等」，是一種對於同性戀情感的支持嗎？還是我們可以反過來說，劇中以各式各樣的「櫃」創造笑哏，而是一種對於同志被壓迫的社會現況的無視無感？（但顯然不是後者，其實馮翊綱在「一百根稻草」中曾列舉「歧視同性戀」為其中一根會弄到他的稻草。）

這當然涉及了比較複雜的層面，一方面是不同的讀者詮釋的程度與深淺不一。創作者與劇中角色的張力也是另外一層問題：究竟創作者是請劇中的角色代言，或者只是在呈現一種價值觀，這價值觀可能附帶著某種足以誘逗觀眾的幽默，卻未必是創作者的立場？

王津京的訪談問及，馮翊綱多次提到相聲劇的表演應當保持演員自覺。演員自覺是所謂的「self」，它與角色「character」與表演「performer」須放在一起談。演員既要融入角色又要意識到這是一場表演，更重要的是，「自覺是統攝全部的，魅力、技藝、名聲、藝德，整體的、玄妙的、藝術層次的問題」（頁221），馮翊綱更以「殺人執照」戲稱這種表現：

演出當下，有一個我稱之為「殺人執照」，就是調皮的宋少卿可以在台上找歪理數落任何一個觀眾，觀眾不但不生氣，而且還很高興，覺得「哎呀，講到我了」。這就是演員自覺達到一定程度的一種表現。（頁221）

這畢竟是一齣可以調皮的相聲劇，那個調皮的姿態容許了歪理的存在。觀眾與讀者若是看得愈真切，恐怕反而若入了某種執念中，以為劇中人物的聲口就是劇作家得創作意圖或價值表述。好吧，就當我們認為創作者與劇中角色可以分道揚鑣時，馮翊綱又提醒我們這彼此之間存在的張力，才是一個成功的演出重要的關竅，而他面對藝術家與社會時政的關係，倒也一派真誠、毫不迴避地坦承自己的創作，有其想對社會的發聲：

這也是一個創作自覺的問題，是要去迎合大眾想要的那種樂趣，還是忘掉這個東西，專注自己，重視自己要對這個社會發出什麼樣的聲音。我是後者。我探索我與世界、與社會的關係，進行創作。你喜歡，感謝你捧場，你不喜歡，感謝你批評。真的到了有一天沒人願意看了，我說不定還堅持

繼續寫呢！（頁219）

馮翊綱的相聲戲在回應社會時事的姿態，就如同訪問稿的標題引用了《莊子・齊物論》：「彼是莫得其偶，謂之道樞。樞始得其環中，以應無窮。」《莊子》的哲學，面對是非對錯，叮囑我們避免陷入非此即彼的二元對立。得其環中，以應無窮，《莊子集釋》引家世父曰：「是非反覆，相尋無窮，若循環然。游乎空中，不為是非所役，而後可以應無窮。」那是一種穩定的中樞位置，表象卻顯示了一種類似優游戲弄樣態，在那遊戲之中卻又具有批判，卻不偏執於闇不自見的世俗價值。唐朝道士成玄英疏莊屢次以「逗機」指稱這樣的行動方向——逗者，止也、投也。面對特定的情境，既止於境之前，又投入境之中。這種位置的游移靈動，不也就是相聲藝術的一種特有的美學精神嗎？「相聲的整體風格是『逗』這個字。」（頁211）馮翊綱言簡意賅的一句話，顯示了一種戲弄的美學，也呼應了這本書《弄》的名稱。

「為什麼劇本命名為『弄』」？在臺北大學的演講現場，馮翊綱曾回應我的提問時表示，因為本劇的朝代設定在唐，唐朝稱這種表演藝術為「戲弄」，故以此為名。當然，我想這是最簡便而正經的一種理解，但是相聲劇的觀眾或讀者又怎麼可能滿足於一本正經的說法呢？

「弄」不會只是這樣。我們從跋文〈一百根稻草〉那麼故意列出一百項作者認為容易被別人「弄」到的地方，顯然這裡的「弄」是一種偏向被冒犯的意涵。出版社的書腰題寫「捉弄？戲弄？嘲弄？玩弄？」正顯示了「弄」的各種可能——可別忘了，馮翊綱在前一齣劇本《沙士芭樂》的第一幕就是「哥哥弄弟弟」——，若再把相聲講究一捧一逗的「逗弄」放進去理解：當主體的能力強大到足以游刃有餘地「調度」並「調笑」眼前的情境，那才是「弄」的真諦。由此再讀《弄》，再想想最後那一句：「以上。也會『弄』到你嗎？」（頁239），那「弄」的豐富與曖昧，不落言詮、無偏無黨，於其中千變萬化的姿勢與技藝，是不願意僵化地陷落於入世與出世的二元拮抗卻能得其還中而游世即離，這便是《弄》的美學精神。

——發表於《全國新書資訊月刊》二〇一七年七月。

弄弄：讀李奕樵《遊戲自黑暗》

散文集與短篇小說集在出版時，似乎愈來愈傾向於找出一個議題主軸，以便於無論是在行銷宣傳或是致予讀者鮮明的印象。李奕樵《遊戲自黑暗》直接地抓出了以「遊戲」作為標籤，連貫了各篇題材甚至是技巧形式。然而收錄的八篇小說，顯示了一個新銳作家在創作上的各種嘗試與探索，對於普通讀者而言，若非以「遊戲」作為先入為主的視野框架，恐怕不容易找出跨越不同文本之間共有的情感特質或主題。

〈兩棲作戰太空鼠〉作為全卷開篇，可能是全書當中對於「遊戲」的概念與寫實敘述貼合的最緊密又平實的。文章敘述軍艦上的部隊產生的軍中霸凌事件，在這個圈禁封閉的小社會中，自有其規矩與紀律。故事從殘害動物開始步步逼近：安全士官以電擊棒擊斃小狗、弟兄用剪刀剪下老鼠頭、甚或敘事者用十字鎬無心地敲斷一隻蟾蜍的後腿……，所有的生靈在這個環境中，似乎都降格為一種

「玩具」。乃至於學長對待學弟也是如此：原來，學長們組了賭局，要求敘述者必須幫忙另一位弟兄蛋皮人「射一發」。面對這樣的性霸凌，進退兩難。如同鄰床的學長的警告，答應的話從此就變成了玩具，不答應的話則用各種方式「努力開發你做為玩具的各種可能性。」

「遊戲」這個概念本身充滿了曖昧多義性，李奕樵也確實注意到了：

我說，要開始遊戲了。——當然，對那時的我來說遊戲早就無所不在了。原諒我用這麼容易讓你迷惑的方式來述說，但對我來說很難避免，畢竟在我的語言裡是有更多詞來描述你們統一混稱為遊戲的許多不同概念的。啊，也許我是該悲傷或者沮喪。那些你們都稱為遊戲的東西明明就完全不一樣啊？對不起，我的臉好像也很難呈現情緒。（〈遊戲自黑暗〉）

有多少人想給與「遊戲」一個本質上定義，卻都不見得能夠畢竟其功。我倒是覺得，以其含混而言，在中文詞彙當中最能夠與之相當者，便是「戲弄」的「弄」。

根據《教育部國語辭典》對「弄」的解釋之一：遊戲、耍弄。在這個脈絡下，軍中的「霸凌」之成為「遊戲」，從來就不是一種天真無邪、追求無目的性趣味的審美活動，那就是一種戲耍與嘲弄。譬如〈遊戲自黑暗〉避諱地寫出群我間的暴虐：以機率性的條件互賞巴掌、互捏臉頰直至對方無法承受、有規則的拳鬥、無規則的死鬥、再到多對一的狩獵……。

只是暴力凌虐亦無法填充「弄」的全部意義。「弄」的意義之二在於：姦汙、淫亂。除了前述〈遊戲自黑暗〉提及的「可以數我（你）的頭髮（膝蓋／陰唇／陰囊／肛門皺褶）嗎？」以及〈無君無父的城邦〉那位不太像男生的「我」，在戴上假髮穿上裙子後，卻被歹徒擄走侵害，亦是類似的情節。對於故事中的「我」而言，生命充滿了神諭，早在出生前即被預言為女性，於是只能讓孿生姊姊藉由扮演的方式寄生在自己的體內。而這恰恰又回應了「弄」的另一層涵義：妝飾、扮演。

「遊戲」與「弄」，是如此貼合的緊密的概念。他們同樣歧異多元，也都共有極為嚴肅與極為消遣的意義張力。《國語辭典》的「弄」還可同時具備著「把玩」與「從事」的不同價值。而這正是〈Shell〉這一篇，以電玩遊戲當作題材的小說所能隱約囊括的兩種向度：遊戲只是一場遊戲，或遊戲是一種志業。當然〈Shell〉的主軸，以敘事者及家教學生對於電腦指令的探究寫起，當中也不乏彼此相互扮演的味道在其中。

其實最大的扮演者，還是作者本人。根據《教育部國語辭典》對「弄」的再一個解釋：修飾。《遊戲自黑暗》創造出了許多令讀者不容易透視的演出，這確保了這樣的敘事技巧與安排成為一種「遊戲」。

對於創作而言，這樣的技術調度當然是一種嘗試或實驗，彷彿不斷地在測試其語意傳遞與美感構成的邊界。但是對於普通讀者而言，創作者的戲與弄，就難免需要冒著意義與情感解碼的錯位或風險。〈兩棲作戰太空鼠〉、〈貓箱〉、〈無君無父的城邦〉、〈Shell〉似乎還樸素寫實些，而〈遊戲自黑暗〉與〈火活在潮濕的城〉都是寓言（前者是意念流動的，後者是充滿畫面感的），至於〈神與神的大賣場〉卻讓我感覺到像是整本小說集的跋文，好像小說家本身就是那個操控情節的神，任意的奪取或給予，以操縱擺弄。

全書讀來，就像是〈Shell〉當中的某句台詞：「另外一些人就只是想考驗自己的能力，像是大型的解迷遊戲。」我可以理解小說家苦心力索地把玩、扮演與妝飾文本，為的是考究自己的技藝。也沒有忽略此處的「謎」誤植為「迷」了——全書就是如此地留下了許多的謎／迷，讀者恐怕沒有辦法很成功地拆解，「弄清」（「弄」的另一個重要意義）這些特異的敘事中曲折迴旋的設計。

——《人本教育札記》357期，二〇一九年三月。

釀文學265　PG2732

戲弄

作　　者　陳伯軒
責任編輯　孟人玉
圖文排版　陳彥妏
封面設計　王嵩賀

出版策劃　釀出版
製作發行　秀威資訊科技股份有限公司
114 台北市內湖區瑞光路76巷65號1樓
電話：+886-2-2796-3638　傳真：+886-2-2796-1377
服務信箱：service@showwe.com.tw
http://www.showwe.com.tw
郵政劃撥　19563868　戶名：秀威資訊科技股份有限公司
展售門市　國家書店【松江門市】
104 台北市中山區松江路209號1樓
電話：+886-2-2518-0207　傳真：+886-2-2518-0778
網路訂購　秀威網路書店：https://store.showwe.tw
國家網路書店：https://www.govbooks.com.tw
法律顧問　毛國樑　律師
總 經 銷　聯合發行股份有限公司
231新北市新店區寶橋路235巷6弄6號4F
電話：+886-2-2917-8022　傳真：+886-2-2915-6275

出版日期　2022年6月　BOD一版
定　　價　300元

讀者回函卡

Printed in Taiwan

國家圖書館出版品預行編目

戲弄/陳伯軒著. -- 一版. -- 臺北市：釀出版,
2022.06
面； 公分. -- (釀文學；265)
BOD版
ISBN 978-986-445-660-4(平裝)

863.55 111005717